어중씨
이야기

꿈꾸는 보라매 06

어중씨 이야기

최영철 성장소설

산지니

이야기를 시작하며

우리는 계속 성장하는 몸과 마음을 가진 인간입니다.

짧은 한 인간의 삶을 의미 있게 하는 것은 한자리에 머무르지 않고 끊임없이 스스로를 바꾸려고 하는 의지가 있기 때문입니다.

그러나 그 성장의 속도나 질량이 모두 같은 것만은 아닙니다.

몸이든 정신이든 부지런히 갈고 닦지 않으면 제자리걸음을 하거나 뒷걸음질을 치기도 하니까요.

태어나서 죽는 순간까지 성장을 계속하는 경우가 있는가 하면, 인간 이하로 퇴행하는 경우도 있고, 사는 도중 성장을 완성하는 성인의 경우도 있습니다.

어중씨 이야기는 어중씨와 주변 인물들이 펼치는 하루 동안의 특별한 이야기입니다.

그들은 모두 어딘가 미흡한 인간들이고, 계속 성장 중에 있는 인간들이라는 점에서 우리의 이웃이며 나의 모습이기도 합니다.

맑고 푸른 어느 가을 하루,

그들은 우연히 만나고 헤어지며 여러 일을 겪고 다양한 이야기를 나누며 몰라보게 쑥쑥 성장하는 체험을 하게 됩니다.

그 어느 지점쯤에 이 이야기를 읽는 여러분의 모습도 담겨 있겠지요.

자, 이제 그들과 함께 짧지만 의미 있는 나들이를 떠나 볼까요.

2014년 1월 최영철

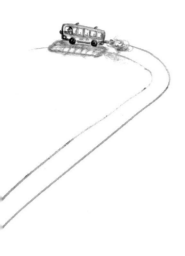

차례

서님, 마님

어중씨가 지금 읍내로 가는 고갯길을 넘고 있습니다. 어중씨의 나이는 이제 오십다섯입니다. 젊다고 하기에는 그렇지만 도야마을에서 어중씨 부부는 제일 젊습니다. 그다음 젊은 사람은 예순 초반의 마을 이장 부부입니다.

―아직 몇 살 되지 않았어요.

나이를 묻는 동네 어른들에게 어중씨는 이렇게만 대답합니다. 이렇게 대답할 수 있어서 어중씨는 즐겁습니다. 도시에서는 중늙은이 취급을 받지만 여기서는 젊은이 취급을 받을 수 있으니까요.

마을 사람들은 어중씨를 어중씨라고 부릅니다. 이름이 한어중이니까요. 존대할 나이도 아니고 다른 그럴듯한 직함도 알지 못하니까요.

어중씨는 그게 좋습니다. 중등 교사를 한 삼십 년 동안 하루에도 수십 번 수백 번씩 선생님 소리를 듣고 살았는데 이제 그 말을 듣지 않아도 되니 마음이 편합니다.

어중語仲,

말씀 가운데 있어라.

참 좋은 이름입니다. 하지만 어중씨가 뜻풀이까지 해 가며 이름을 설명해 주어도 사람들은 호호 허허 웃기부터 합니다.

―어중, 어중이, 재밌는 이름이구만.

마을 사람들은 어중이라는 이름에서 제대로 할 줄 아는 게 없는 어중간한 사람을 떠올린 것이지만 어중씨는 이제 그런 반응에는 눈도 까딱하지 않는 경지가 되었습니다.

―기억하기 쉬우시죠. 한어중!

이렇게 한 번 더 강조하기까지 합니다.

도야마을에는 하루 다섯 번 노선버스가 들어오지만 어중씨는 걸어서 고개를 넘기로 했습니다. 고개를 넘는 데 한 시간, 거기서 강을 따라 읍내 장터까지 가려면 또 한 시간을 걸어야 합니다. 합해서 두 시간입니다. 느려터진 어중씨 걸음이어서 그렇지 바삐 걸으면 삼십 분은 줄일 수 있는데도 어중씨는 그까짓 시간은 안중에 없습니다.

―종종걸음으로 바삐 갈 필요가 뭐 있겠어. 그러려면 앞만 보고

가야 하는데 그건 위험하고 쓸모도 없는 일이야. 옆을 살피고 뒤를 돌아보고 가도 늦지는 않아.

그럼 읍내까지 버스를 타고 가면 얼마나 걸리느냐고요?

길어야 이십 분이면 족합니다.

그런데 왜 걸어서 가느냐고요?

그 이유는 간단합니다. 아내가 어서 읍내에 나가 무엇인가를 사 오라고 부탁했고, 어중씨는 눈앞에서 버스를 놓쳐 버렸고, 버스는 세 시간쯤 있어야 마을에 다시 들어오기 때문입니다.

또 하나 미리 말씀드려야 할 것이 있군요.

어중씨는 평소 아내를 '마님'이라는 호칭으로 부르는데 여기서의 마님은 지체 높은 집안의 부인을 높여 이르는 말이 아니라 마누라님의 준말입니다.

신혼 초에는 여보라고 부르다가 마흔 중반을 넘으며 어중씨는 아내를 마누라님으로 부르기 시작했습니다. 여보라는 호칭보다는 마누라님이라고 부르는 게 훨씬 다정하고 친근하게 여겨졌기 때문입니다. 절대 아내를 비하하기 위한 의도가 아니라는 겁니다. 남자 친구들 사이에도 우정이 돈독해지면 재미있는 별명으로 서로를 부르는 것과 같은 이치지요.

그러다가 최근에 이르러 호칭으로서는 좀 길다 싶어 마님으로 줄여 부르게 된 것인데 좀 더 솔직히 말씀드리면 외압이 있었던

게 사실입니다.

어느 날 마누라님이 버럭 역정을 내신 것입니다.

—제발 좀 마누라님이라고 부르지 말아요.

어중씨는 아내가 왜 그렇게 화를 내는지 이해하지 못했습니다. 마누라로 부를 때도 아무 일 없었는데 거기에 님까지 붙여 존대하는데 말입니다.

나중에서야 어중씨는 그것이 여자들의 갱년기 우울증 때문이고, 그 시기에는 남편이 하는 일이라면 뭐든 마음에 안 들어 한다는 걸 알게 되었지만 그것을 모르는 어중씨는 아내의 역정을 자기식으로 해석합니다.

—옳아, 마 누 라 님, 그게 너무 길어서 듣기에 거슬리는가 보구나.

그래서 어중씨는 부르기에도 간편하고 듣기에도 간단한 마님으로 줄여 부르게 된 것입니다.

그 이후로 '마님' 하고 부를 때마다 아내는 상냥하게 대답합니다.

—왜 그래요? 서님.

여기서의 서님이 서방님의 준말이란 건 아시겠죠.

이런 연유를 모르는 친구들은,

—야, 마누라에게 너무 아부하는 거 아냐?

하고 놀리기도 하지만 천만의 말씀입니다. 어중씨는 조금도 의심할 바 없는 순도 백 퍼센트 진심이라고 스스로 자부하고 있습니다.

그게 혹 진심이 아니라고 해도 그렇지요. 이삼십 프로의 가식이 있다고 치자는 거지요. 금방 만나고 헤어질 생판 모르는 사람에게도 '선생님' '사모님' 하며 깍듯이 하면서 왜 평생을 같이 하는 아내에게는 깍듯하면 안 되느냐는 거지요. 절대 사리에 어긋나지 않는다고 믿고 있지만 아직 아무도 동의해 주지 않아 어중씨는 마음이 상합니다.

앞서간 성현들은 생전에 그렇게 무수히 좋은 말씀들을 하시면서 왜 아내에 대해서는 딱 부러지는 좋은 말씀을 하지 않았는지 안타깝기만 합니다.

사실 아내라는 말은 남편이 주인이고 아내는 거기 딸린 안사람이라는 의미가 숨어 있습니다. 집사람, 내자, 여편네…… 이런 호칭이 다 그럴 겁니다. 심지어 밖에 나가 아내 자랑을 하는 남자를 두고 열 달을 못 채우고 나온 팔불출 취급을 했으니까요. 아내 말을 잘 안 들으면 망신을 당할 뿐이지만 잘 들으면 집안이 망한다는 무지막지한 말까지 있을 정도니까요.

—천하의 섭리를 깨달으면 무엇해. 제 옆에 있는 사람이 얼마나 귀한지도 모르는 사람이 무슨 도를 안다고 그래. 도는 가까운

것부터 깨달아야 진정한 거야.

어중씨는 이렇게 중얼거려 봅니다.

─주는 게 있어야 받는 게 있지. 세상만사 주는 대로 받는 거야. 내가 마님이라고 하니까 마님도 날 서님이라고 깍듯이 존대해 주는 거 아니겠어.

이렇게 중얼거리기도 합니다.

어쨌거나 어중씨를 부르는 마님의 호칭도 어중씨를 따라 자기야-서방님-서님으로 변천해 왔습니다.

이런 호칭 때문에 어중씨는 도야마을에 이사 온 지 며칠 되지 않아 우스운 일을 당하기도 했습니다. 엊그제 막 안면을 튼 마을 이장님이 허겁지겁 어중씨네로 찾아온 것입니다.

─부탁이 있어 왔는데요. 마을에 초상이 나서 그러는데 염불을 좀 해주셨으면 합니다.

─염불이라뇨?

오다가다 발길 닿으면 절에는 가끔 가는 편이지만 염불이라곤 반야심경도 제대로 외울 줄 모르는 어중씨는 놀라서 이장님을 쳐다보았습니다.

─스님 아니세요? 이 댁 아주머니가 스님 스님 불러서 환속한 스님인 줄 알았는데.

그래 좋아,
걸어서 가자

벽에 붙여 놓은 버스 시간표를 보니 삼십 분쯤 여유가 있어 어중씨는 느긋하게 면도하고 머리 감고 옷을 갈아입습니다. 그냥 이대로 읍내까지 갔다 와도 되지만 오랜만의 외출이니 단장을 합니다.

그렇게 어정대고 있는 어중씨에게 마님이 한 말씀 합니다.

―그러다가 또 차 놓치겠어요.

마님의 이 한 마디에 어중씨는 뿔난 송아지처럼 허겁지겁 대문 밖으로 뛰쳐나갑니다. 마님의 말은 한 마디도 틀린 구석이 없습니다. 어중씨는 늘 어정대고 미적대다가 중요한 걸 놓치기 일쑤입니다. 버스를 놓치고 약속을 놓치고, 해야 할 일을 놓칩니다.

―아직 시간이 많이 남았는걸.

―아직 버스는 오지 않았는걸.

―빨리 가면 서성대며 기다려야 하는데 서둘 필요가 뭐 있어.

이러다가 중요한 일을 놓치고 까먹기 일쑵니다. 그런 버릇을 고쳐야 한다고 생각하고 다짐하지만 그래야 한다는 걸 또 금방 까먹고 맙니다.

―그래도 딴 건 다 놓쳐도 도야마을 버스는 놓치면 안 돼. 다음 버스는 세 시간이나 기다려야 하니 말이야.

이렇게 중얼대며 어중씨가 골목을 황급히 벗어나는데 버스가 정류장으로 들어오는 것이 저만치 보입니다. 어중씨는 조금 안심합니다. 손에 들고 있던 잠바를 껴입으며 달리기를 늦춥니다. 버스는 적어도 5분쯤 종점인 이곳 정류소에 멈추었다 가기 때문입니다.

―오공 본드.

―갈대 빗자루.

천천히 정류소를 향해 걸어가며 어중씨가 중얼거립니다. 마님이 읍에 나가 사 오라고 한 것들입니다.

―그리고 또 당신 먹고 싶은 거.

마님은 어중씨가 읍내 장에 나갈 때마다 이 말을 꼭 빠뜨리지 않고 강조합니다.

―역시 우리 마님이야.

어중씨는 그때마다 기분이 좋습니다. 하지만 한 번도 '당신 먹고 싶은 거'를 사 온 적이 없습니다. 장에서 몰래 먹고 온 적도 없습니다. 오히려 마님이 좋아하는 붕어빵 한 봉지를 사다가 정작 사 가기로 한 걸 까먹어 마님에게 핀잔을 들은 적은 있습니다.

—마님이 사 오라는 게 뭐였지요?

　이렇게 전화하면 마님은 끌끌 혀를 차지만

—마님이 좋아하는 붕어빵을 사다가 그걸 그만 까먹었지 뭐예요.

　이렇게 말하면 금방 호호호 하고 웃습니다. 어중씨라고 먹고 싶은 게 왜 없었겠습니까. 구멍가게 하나 없는 도야마을에 있다가 온갖 맛있는 것들이 즐비한 읍내 장에 가면 온통 먹거리 투성인데.

　그런데 왜 아직 한 번도 사 먹지 않았느냐고요?

　거기에는 이런 이유가 있습니다. 마님이 부탁한 것을 기억하고 사 오는데 바빠 자기 먹고 싶은 걸 챙길 정신적 여유가 없었던 겁니다.

　정신적 여유!

　그렇습니다. 어중씨는 여러 가지를 생각하고 챙길 정신적 여유가 없습니다. 어중씨에게 세상은 너무나 복잡하고 또 복잡해서 그걸 다 챙길 수가 없습니다. 그런 슬픈 비밀들이 어중씨에게는 참 많습니다.

아침에 빨리 일어나지 못하는 이유.

이걸 생각하다가 저걸 까먹는 이유.

잘 챙겨 둔 물건을 찾지 못해 하루 종일 갈팡질팡하는 이유.

엊그제 인사한 사람의 이름과 얼굴이 기억나지 않는 이유.

그게 다 세상이 너무 복잡해서 그런 것이라고 어중씨는 생각하고 있습니다. 어중씨가 살기에 세상은 정말 너무나 복잡하고 복잡합니다. 여기서는 이래야 되고 저기서는 저래야 되고, 여기 작동법이 다르고 저기 작동법이 다르고, 어제 했던 방식 다르고 오늘 해야 될 방식이 또 다릅니다. 세상의 기기들이 어중씨를 골탕 먹이려고 자꾸 새로 생겨나는 것 같습니다.

요즘 누구나 다 가지고 다니는 스마트폰을 가지지 못하는 이유만 해도 그렇습니다. 작동법이 너무 복잡합니다. 아 참, 그보다 기능이 너무 많다고 해야 하겠군요. 스마트폰을 손에 넣고 만지다가 뭘 눌렀는지 요금을 몇십만 원이나 낸 적이 있고 그 이후로 스마트폰은 자기와 인연이 없다고 단정해 버렸습니다.

—돈 잡아먹는 무서운 놈이에요. 조심해야 해요.

이런 당부까지 하며 스마트폰을 마님에게 양도했지만 마님은 그 녀석을 어떻게 제압했는지 더 이상 큰돈을 요구하지는 않습니다.

24

남들이 다 빠져나오는 시골 오지로 들어올 때 어중씨 부부는 큰 의견 차이가 있었습니다. 마님은 어중씨와는 정반대여서 절대로 시골에는 이사 갈 수 없다고 버텼습니다. 정 가고 싶으면 혼자서 가라고 했습니다.

—조용하고 한적하고 건강에도 좋은데 왜 못 가겠다는 거예요?

—서님은 시골살이가 얼마나 불편한지 몰라서 그래요. 저는 시골에서 태어나 배곯던 기억이랑 딸이라고 천대받던 생각이 나서 싫어요.

처음 한동안 마님은 이렇게 버텼지만 결국 서님의 뜻을 굽힐 수는 없었습니다. 귀촌에 대한 어중씨의 바람이 그만큼 집요했기 때문입니다.

어중씨는 도야마을이 너무 좋습니다. 자동문도 없고 은행 입출금기도 없고 엘리베이터도 없고 복잡한 도로 표지판도 없습니다.

—남들은 이런 촌구석에서 어떻게 사느냐고 야단이지만 나는 여기가 좋아.

어중씨는 이렇게 중얼거리며 팔자걸음으로 버스 정류소를 향해 걸어갑니다.

앗, 그런데 큰일 났습니다.

종점인 버스정류소에 잠시 멈추었다 가야 할 버스가 정류소

앞 마을회관을 지나 그대로 돌아 나가고 있는 것입니다.

―어이 버스!

―이 봐 버스야!

―거기 서!

어중씨가 고함쳐 보지만 버스는 휑하니 마을을 벗어나 저만치 달려갑니다. 빈 차로 종점에 들어왔다가 정류소에 아무도 없는 걸 보고는 서지도 않고 그냥 가 버린 것입니다. 버스는 빈 차로 들어왔다가 빈 차로 나가는 경우가 많습니다.

오십여 가구에 백 명이 안 되는 주민이 살고 있고 강과 산으로 막힌 막다른 마을이니 외지 사람이 들어올 일이 거의 없습니다. 여기서 버스를 이용하는 승객이라야 장을 보거나 의원을 다녀오는 마을 주민 몇이 전부입니다.

어중씨는 망연자실 멈춰 서서 멀어져 가는 버스를 바라봅니다. 어이, 하고 한 번 더 불러 보지만 아무 소용이 없습니다.

―무어 그리 급한 일이 있다고 저러 바삐 가 버리는 거야.

어중씨가 혼잣말로 투덜거려 봅니다. 지난번 장에 갔다 오면서 사 가지고 오던 제과점 빵 하나를 운전기사에게 선물하기도 했는데 말입니다.

하지만 어중씨는 저 멀리 사라져 버린 버스를 곧 포기합니다. 떠나 버린 차와 이별을 선언하고 돌아선 사랑은 빨리 잊는 게

좋다는 철칙을 지키며 살아온 어중씹니다. 동작이 굼뜬 어중씨는 그동안 수많은 것들을 놓쳤습니다. 친구와 연인과 버스와 기차와 비행기를 놓쳤습니다. 그때마다 안달했다면 화병을 얻어 벌써 저세상 사람이 되었을지도 모릅니다.

—하지만 어서 가야 해. 지난번에도 늦어서 마님에게 잔소리를 들었잖아?

버스가 꽁무니를 흔들며 사라진 왕복 2차선 도로가 경부고속도로만큼이나 아득하고 넓어 보입니다. 고개를 넘어가는 아스팔트길이 새까만 적막입니다. 차는 물론이고 사람 그림자 하나 보이지 않습니다.

—이런 길에 아스팔트 포장은 왜 한 거야.

어중씨는 괜히 넓고 시원하게 닦인 길이 불만입니다. 돌멩이를 하나 주워 아스팔트 위로 던져 봅니다. 그렇기도 하겠습니다. 예전처럼 포장이 안 된 좁은 자갈길이었다면 버스를 놓친 상실감이 이다지 크지는 않았을 테니까요.

그때는 자갈길을 터벅터벅 걸어가는 사람들이 많았습니다.

느릿느릿 가는 소달구지도 있었습니다.

짐을 싣고 덜렁거리며 리어카를 밀고 가던 사람들과 자전거도 많았습니다.

자갈길을 달리던 완행버스가 있었지만 저렇게 빨리 내빼지는 않았습니다.

정류소로 달려오며 손을 흔들면 잠자코 기다려 주기도 했습니다.

뒤꽁무니를 쫓아가며 '어이' 하고 부르면 슬슬 뒷걸음질까지 쳐 주었습니다.

그러나 이제 눈 닦고 사방을 둘러보아도 그런 모습을 찾기가 어렵습니다. 그때를 그리워해 봐야 오래전에 소식이 끊긴 옆집 소녀를 생각하는 거나 마찬가지입니다.

―가자. 어서 가야 해.

어중씨는 버스가 가고 없는 빈 아스팔트길을 터벅터벅 걷기 시작합니다.

―버스는 세 시간이나 있어야 다시 온단 말이야.

어중씨는 바지춤을 졸라매고 심호흡을 한 뒤 걷기 시작합니다. 걷는 일은 어중씨가 가장 잘하는 일입니다. 걷는 일은 어중씨가 가장 즐겨 하는 일입니다.

걷는 일은 다른 기술이 필요 없으니까요.

다른 요령이 필요 없으니까요.

다른 눈치를 볼 일이 없으니까요.

걷기 싫으면 그만 걸어도 되니까요.

이게 아니다 싶으면 바로 멈추거나 돌아서면 되니까요.

힘이 들지도 않으니까요.

돈이 들지도 않으니까요.

누구와 부딪쳐도 다칠 위험이 없으니까요.

미안합니다, 죄송합니다, 사과하면 그뿐이니까요.

그렇게 터벅터벅 걷다가 반가운 사람을 만나기도 하니까요.

어긋나며 만났지만 그 사람과 어깨 끼고 한 길을 갈 수 있으니까요.

어중씨는 이런 말들을 혼자 중얼거리며 걸어갑니다. 그런 생각에 기분이 좋아져서 콧노래를 흥얼거리기까지 합니다.

*

—안녕하세요.

신작로에 붙은 밭에서 일하고 있던 마을 아저씨를 만나 어중씨가 인사합니다. 도시에 살 때 어중씨는 인사성이 밝지 못했습니다. 늘 머릿속으로 뭔가를 생각하며 가다 보니 마주치는 사람을 알아보지 못하는 일이 다반사였습니다.

하지만 그 때문에 큰 불편은 없었습니다. 도시에서는 길에서 아는 사람을 만날 확률이 아주 적으니까요. 직장이나 모임에서도 너무 사근사근한 것보다는 어중씨처럼 한 박자 느리고 과묵한 것이 오히려 득이 될 때도 있으니까요. 무수한 파벌이 횡행하

30

고 주도권이 수시로 바뀌는 도시에서는 앞에 나서지 않는 것이 득이 되는 경우도 있으니까요.

사실 그 방법은 기회주의자들이 잘 쓰는 처세술이지만 어중씨는 그와는 다릅니다. 처세술로 그러는 게 아니라 천성 자체가 그렇기 때문입니다.

그러나 도야마을 같은 촌에서는 그게 통하지 않습니다. 오다가다 만나는 사람이 모두 한 마을 사람입니다. 시골에서 인사성이 없으면 기본예절도 모르는 막돼먹은 인간으로 낙인찍히기 쉽습니다. 그 여파로 모든 일에서 열외 취급을 당하기 쉽습니다. 그렇게 외톨이가 되면 살아갈 수가 없습니다. 도시에서는 외톨이가 되어야 편하지만 이런 시골에서 외톨이가 되면 모든 게 불편해집니다.

하다못해 농협에서 종자나 씨앗을 나누어 줄 때도 예외가 됩니다.

마을 잔치가 있어도 예외가 됩니다.

어느 집에서 돼지를 잡아도 고기 한 점 얻어먹을 수 없습니다.

올해는 배추값이 똥값이 될 거란 것도, 올해는 뭘 심어야 좋을 거란 이야기도 해 주는 이가 없습니다.

외로울 때 막걸리 한 잔 하자는 사람도 없습니다.

전기나 수도 같은 게 탈이 나도, 가전제품이 고장 나도 도움을 청할 데가 없습니다. 읍내까지 나가 사람을 불러야 하니 돈도 시간도 수십 배 수백 배가 듭니다.

그래서 어중씨는 도야마을 안에서 사람을 만나면 무조건 큰소리로 인사부터 하고 봅니다.

—안녕하세요.

이렇게 간단한 걸 도시에서는 왜 하지 않고 살았는지 후회가됩니다. 학교 수업 시간에 학생들에게 들려주었던 시인 백석의이야기가 생각났습니다.

일제강점기 서울에서 활동하다 해방이 되어 자신의 고향 북한으로 돌아간 시인은 북한 체제에 적응하지 못하고 집단 농장에배치되어 말년을 보냈다고 합니다. 시인 백석도 농사일이라곤아무것도 할 줄 몰랐다고 합니다. 그래서 사람들의 놀림을 받기도 했지만 인사를 잘해 큰 문제없이 어울려 살 수 있었다고 합니다.

—안녕하십니까?

시인 백석은 이렇게 인사하며 가슴에 한쪽 손을 올려 공손하게 허리를 굽혀 절했다고 합니다. 하지만 어중씨는 꾸벅 머리만숙여 인사합니다. 처음에는 백석처럼 공손하게 인사했지만 너무그렇게 저자세로 나가면 사람들이 얕잡아 보기 쉽다고 마님이충고해 주었기 때문입니다. 얼마나 쉬운 일입니까.

―안녕하십니까?

가볍게 머리를 숙여 인사하는 일.

그런 어중씨를 마님이 한 번은 타박을 주었습니다.

―서님, 저 아저씨는 인사 안 해도 돼요.

―왜요?

―저 아저씨에게는 동네 사람들도 인사 안 하잖아요.

―왜요?

―일은 않고 늘 술에 취해 다니니까 그런 거겠지요.

―그래도 마을 어른이잖아요?

―그래도요.

마님과 마을 사람들은 그렇게 사람을 차별하지만 어중씨는 마을에서 만나는 모두에게 인사합니다. 마을 사람이 아니어도 인사합니다. 왜냐하면 누가 마을 사람이고 누가 마을 사람이 아닌지 잘 모르기 때문입니다. 그러니 무조건 인사하는 게 상책입니다. 마님이 타박을 주면 이렇게 말합니다.

―마을에 오신 손님인데 그러면 더 공손하게 인사해야지요.

어중씨의 예절은 이제 이런 경지에까지 이르렀습니다. 인사하기 버릇을 들이니 그보다 쉬운 일이 없다 싶습니다. 그래서 버스를 놓치고 걸어서 읍내까지 가야 하는 바쁜 상황에서도 어중씨는 밭에서 일하는 아저씨를 향해 인사한 것입니다.

―안녕하세요.

―어이 한군, 어디 가시는 길인가.

―읍에 나가는 길이에요.

―버스가 금방 나가던데 걸어서 가려고?

―예.

―걸어서는 꽤 먼 길인데 괜찮겠어?

―슬슬 운동 삼아 갔다 오려고요.

―그래 맞아. 우리 젊을 때는 하루 두세 번도 걸어서 갔다 오곤 했지.

―하루 두세 번씩이나요?

―그럼. 하루 두세 번. 산 너머 질러가면 한 시간이면 읍에 갔거든. 새벽에 가서 가축 팔고, 다 팔리면 집에 와 채소 가져다 팔고, 저녁엔 친구들 만나러 또 나가고.

　어중씨는 아저씨의 이 말에 기가 죽습니다.

―야-, 저 앞에 태산같이 버티고 선 저 산을 하루 두세 번씩 넘어 다니신 거예요?

―왜 아니겠어. 학교 다닐 때는 6년 동안 매일 저 산을 넘어 다녔잖아.

―일 학년부터 육 학년 졸업할 때까지요.

―그럼 그랬지. 월사금 안 가지고 왔다고 선생님이 집으로 돌려

보내면 다시 갔다 오기도 했는걸.

―정말요?

―그럼. 밭에 나간 엄마를 찾아 겨우 월사금 가지고 오면 수업이 다 파해 있곤 했어.

―나 같으면 저 산중턱도 못 가 꼬꾸라졌겠어요.

―그 덕분에 우리가 이 나이 되도록 건강한 거잖아.

―하긴 그렇겠어요. 그럼 수고하세요.

어중씨는 마을 아저씨에게 인사하고 다시 걸음을 내딛습니다.

―그래 맞아. 도시에서 자란 나 같은 사람이 이렇게 비실비실하는 건 월사금을 제때 갖다 줘서 그런 걸 거야. 어머니는 왜 월사금을 제때 꼬박꼬박 주셨을까?

어중씨는 이렇게 어머니를 원망하며 걸음을 재촉합니다.

―어이, 한군

금방 이야기를 나누고 헤어진 한씨 아저씨는 어중씨를 만나면 이렇게 부릅니다. 도야마을 어르신들 중에서 유일하게 어중씨에게 말을 놓는 분입니다. 칠순 넘은 어르신이긴 해도 요즘은 젊은 사람에게 함부로 하대를 할 수 없는 세상입니다. 그런데 며느리, 사위 볼 때가 다 된 어중씨에게 한군이라고 부르니 아무래도 이상합니다. 거기에는 이런 사연이 있습니다.

어중씨가 도야마을로 이사 온 지 얼마 되지 않아서입니다. 강

가로 산책을 나갔다가 막 집 앞 골목으로 들어서는데 웬 낯선 어르신이 어중씨 집 여기저기를 살피고 있었습니다. 새로운 이웃에 대한 호기심이려니 하고 어중씨는 인사부터 드렸습니다.

―안녕하십니까?

―이 집에 사시오?

―예 그렇습니다. 이사 온 지 얼마 되지 않아 인사가 늦었습니다.

―한씨요? 문패를 보니 한씨구만.

아저씨는 대문에 걸린 韓語仲이라는 문패와 어중씨 얼굴을 번갈아 가며 살핍니다.

―그렇습니다.

어중씨가 이렇게 대답하자마자 아저씨는 어중씨의 손을 덥석 잡습니다.

그리고 이렇게 바로 말씀을 놓기 시작합니다.

―항렬자가 뭔가?

―만(萬)입니다.

―그러면 내 손자뻘이구만.

어중씨는 청주 한씨, 곡산 한씨 중 어르신은 어느 한씨인지를 물으려다가 그만둡니다. 자신은 문정공파 32세손이라고 말하려다가 그만둡니다.

이런 의중을 눈치챘는지 아저씨는 어중씨의 손을 더 힘주어 잡으며 말합니다.

—한씨는 다 한 핏줄이야. 이 동네에 한씨가 나 혼자뿐이어서 적적했는데 정말 반갑네. 그런데 이름이 좀 특이하구먼. 누가 지어 주신 건가?

—할아버지가 지어 주신 겁니다.

어중씨는 할아버지가 지어 준 어중이라는 이름 때문에 놀림도 많이 받았지만 그것을 할아버지가 자신에게 내려 주신 삶의 지침이라고 생각하고 살았습니다.

語仲, 말씀 가운데 있어라.

중학교 국어 선생을 할 팔자가 이 이름 안에 있다고 여기는 것입니다.

—할아버지는 하고 많은 이름 중에 왜 이런 이상한 이름을 지어 주셨을까. 실력이 모자라면 작명소나 다른 사람에게 부탁할 일이지 평생을 따라다닐 이름을 이렇게 붙여 놓다니.

어릴 때는 이렇게 할아버지를 원망한 적도 있었습니다. 하지만 뜻하지도 않게 담임선생님의 권유에 따라 사범대 국어교육과에 입학하게 되었고 그 이후 국어 선생으로 살아오면서 자신의 이름을 운명으로 받아들이게 되었습니다.

요즘은 이름 바꾸는 게 어렵지 않은 일이라며 가끔 주위에서

개명을 권하기도 했지만 그때마다 어중씨는 단호하게 대답했습니다.

—그건 할아버지의 높은 뜻을 거스르는 일이야. 난 어중이라는 이름이 좋아.

어중씨는 초면에 이런 세세한 설명을 한씨 아저씨에게 할 수 없어 좀 답답한 생각이 들었습니다. 다음에 그 자초지종을 말씀드릴 기회가 있을 것으로 여기며 접어 둡니다.

—우리 집은 감자창고 지나 큰 기와집 하나 있지? 거기야. 언제든지 놀러와. 앞으로 어려운 일 있으면 뭐든지 의논하게.

—그럼 잘 부탁드립니다. 다음에 찾아뵙겠습니다.

어중씨가 이렇게 인사를 하자 한씨 아저씨는 담벼락에 기대 놓은 자전거를 타고 골목 저쪽으로 사라집니다.

어중씨는 그런 한씨 아저씨를 며칠 뒤 또 만납니다. 도야마을을 돌아나가는 노선버스 안에서 말입니다. 종점이자 시발점인 마을회관에서 버스를 타고 읍내 목욕탕에 가는 길이었습니다. 어중씨 한 사람을 태우고 버스가 다음 정류소인 마을 입구 보건진료소 앞에 섰습니다. 옷을 곱게 차려입은 노부부가 타는 것을 건성으로 바라보고 있는데 한씨 아저씨가 어중씨를 먼저 알아보고 냅다 소리를 지릅니다.

—어이, 한군 어디 나가는 길인가?

어르신들은 눈썰미도 참 좋습니다. 어중씨는 놀라 벌떡 자리에서 일어납니다.

―읍내 목욕하러 갑니다.

―오 그래. 우린 잔치가 있어 나가는 길이야. 어이 할망, 내 말했지. 우리 마을에 손자뻘 일가가 이사 왔다고. 바로 이 친구야.

노부부는 어중씨를 만난 게 반가운지 연신 싱글벙글입니다. 어중씨는 다시 한 번 정중하게 허리를 굽혀 두 어르신에게 인사하고 자리로 돌아와 앉습니다.

도야마을과 같은 전통 부락에서 같은 성씨는 피붙이나 다름없는 관계일 것입니다. 그런데도 어중씨는 한씨 아저씨를 처음 만났을 때 집 안으로 모시지도 못하고 섭섭하게 보내 드렸습니다.

그럴 수밖에 없는 사정이 있었습니다.

*

도야마을 주민이 된 지 얼마 되지 않아 마님이 정색을 하며 어중씨에게 말했습니다.

―동네 분들 자꾸 집에 모시고 오면 안 돼요. 아시겠죠. 이 약속 꼭 지켜야 해요.

마님의 이런 다짐이 벌써 몇 번째입니다. 어중씨가 이사를 한 게 마침 한겨울 농한기여서 심심해 주리를 트는 마을 주당들이 수시로 어중씨 집을 찾아왔던 것입니다. 일단 자리를 잡고 앉으면 한나절, 하루저녁이 다 가 버리곤 했습니다.

처음에는 손님 대접을 하느라 술과 안주를 내오던 마님도 곧 과일이나 녹차로 접대를 간소화했지만 소용이 없었습니다. 술을 달라고 대놓고 요구하는 것입니다. 매사에 모질지 못한 어중씨는 그런 불청객들을 응대하느라 며칠을 허비하고 있었습니다.

찾아오는 손님들이 집 안에 들어와 엉덩이를 붙이고 앉는 불상사(?)를 막아 보려고 부리나케 마당으로 뛰쳐나갔지만 행동이 굼뜬 어중씨로서는 역부족이었습니다.

—아이구, 이렇게 반갑게 맞아 주시다니 영광입니다.

이렇게 말하며 제 손으로 현관문을 열고 들어와 성큼 자리를 잡고 앉는 것입니다.

—우리 실력으로는 저렇게 날렵한 분들을 이길 수가 없어요. 한동안 대문을 닫아 두어야겠어요.

이 모습을 보다 못한 마님이 드디어 팔을 걷어붙이고 나섰습니다.

—저 아저씨는 지금 사흘째 우리 집에 출근하고 있어요.

—알고 있어요.

—우리 집이 무슨 동네 주막인가요?

—찾아오는 손님을 어쩌겠어요. 동네에 작은 주막이 있으면 좋

을 텐데.

—저분들은 가만 보니 농사도 안 짓고 술만 마시는 해칭이들이에요. 마을에서 완전히 기피 인물로 찍혔더라고요.

—어떻게 하면 좋을까요? 찾아오는 분들을 문전박대할 수는 없고.

—거실이든 방이든 앉지 못하게 해야죠. 일단 앉으면 시간이 길어지니까 마당에 서서 용건을 주고받는 걸로 끝내는 거예요.

—그게 잘될까요. 그래도 집을 찾아온 손님인데 너무 매정하게 구는 게 아닐까요. 자칫하면 마을에서 왕따를 당할 수도 있을 텐데.

—일 때문에 바쁘다고 하셔야죠. 서님 여기 오실 때 그동안 못 본 책이나 맘껏 읽어야겠다고 하셨잖아요.

—맞아 그랬지요. 정말 그래야 하는데.

—그러니까요. 며칠만 냉정해지자고요. 하실 수 있죠? 귀촌한 어떤 분 이야기를 들으니까 동네를 나다닐 때는 일부러 가슴에 손을 얹고 구부정한 자세로 다닌대요.

—왜요?

—어디가 아파서 요양 온 사람처럼 보이려고 그런다는 거예요.

—그건 너무했다. 설마 그런 속임수를 쓰자는 건 아니겠죠.

—그럼요. 그 방법을 쓰기엔 이미 늦었잖아요.

어중씨는 이렇게 하여 결단력 있는 마님의 뜻에 따라 일단 대문을 닫고 지내기로 한 것입니다. 단 며칠만이라도 마음을 독하게 먹기로 한 것입니다.

도시도 아니고 잡상인이나 외지 사람도 들어오지 않는 막다른 시골마을인데 대문까지 걸어 잠그는 건 좀 과한 처사임에 분명했습니다. 하지만 인기척을 느낄 겨를도 없이 집 안으로 들어와 거실을 점령하는 일이 다반사니 그 방법밖에는 다른 방법이 없어 보였습니다.

―마님 말이 옳아. 며칠만 그렇게 냉정해지는 거야.

어중씨는 모처럼 이렇게 모진 결심을 했습니다.

―언젠가는 내 진심을 알게 될 거야. 이건 다 도야마을 해칭이 아저씨들의 건강을 위해서 하는 일이야.

어중씨는 대문을 안으로 걸어 잠그며 이렇게 중얼거립니다. 하지만 도야마을 해칭이 아저씨들도 생각처럼 호락호락하지 않습니다.

해칭이는 좋게 말하면 술을 좋아하는 낭만 가객이지만 나쁘게 말하면 일도 않고 사시사철 술에 취해 사는 술 귀신들입니다.

그렇게 독한 마음을 먹고 대문을 걸어 잠근 지 며칠 째지만 해칭이들의 습격은 매일같이 계속됩니다.

―어이, 어중씨 집에 있소?

우렁찬 김씨 아저씨 목소립니다. 어제도 그제도 저렇게 부르다 돌아갔는데 오늘은 목소리가 더 우렁찹니다.

─한서방, 나야. 처남이야. 안에 있는 거 다 알아. 문 한 번 열어 봐.

이번에는 마님과 종씨라는 이유로 난데없이 처남 행세를 합니다. 김씨 아저씨의 너스레에 어중씨가 웃으며 마님을 쳐다봅니다.

─마님 오라버니 오셨네요.

─오라버니는 무슨 오라버니예요. 길 가다 부딪치는 사람 서너 명 중에 한 명이 김씬데.

─그래도 며칠 내리 찾아오시는데 너무 한 거 아닐까요?

어중씨는 은근히 마님의 의중을 떠봅니다. 조금이라도 마님이 빈틈을 보이면 달려 나가 대문을 활짝 열어 줄 기셉니다.

─며칠만 냉정해지자고요. 그러지 않으면 이 마을에서 계속 살 수가 없어요.

마님의 이 말에 어중씨는 다시 움츠려 듭니다. 교사를 명퇴하고 도야마을로 들어오기 전 마님과 약속한 것들이 생각났기 때문입니다.

─서님께서 정말 일을 그만두고 시골로 이사 가고 싶다면 저하고 몇 가지 약속을 해 주세요. 첫째, 술은 사흘에 한 번, 그것도 취하지 않을 만큼 마시겠다는 것. 둘째, 도시 친구들을 만나러 나가면 이 약속을 지키기 힘드니까 긴요한 일이 아니면 나가지

않겠다는 것. 셋째, 그동안 미루고 미룬 글쓰기를 본격적으로 시작해 보겠다는 것, 그 결과로 뭐든 좋으니 서님 이름으로 된 책 한 권을 3년 안에 저에게 선물해 주시라는 것. 어때요?

마님은 진지하게 이런 제안을 했고 어중씨는 이 제의를 두말 않고 받아들였습니다. 모두 자신이 하고 싶었던 일이지만 하지 못했던 일이기 때문입니다.

─마님 말이 모두 옳아요. 이 시끄럽고 복잡한 도시만 벗어날 수 있다면 못 할 게 뭐가 있겠어요. 사람들하고 어울려 술 마시는 게 난들 뭐가 좋았겠어요. 냉정하게 뿌리치지 못해 그리 된 것이지. 뭔가를 한번 써 보는 것도 그래요. 심심하고 마음의 여유가 있어야 글도 써지는 것 아니겠어요.

도야마을로 오기 전에 마님과 한 약속들을 생각하며 어중씨는 또 한 번 다짐을 합니다.

─모질어져야 해. 모질어지지 않으면 아무것도 할 수 없어.

하지만 대문 밖의 해칭이 아저씨도 오늘은 쉽게 물러설 기미가 아닙니다.

─한선생, 어서 문 좀 열어 보시라니까.

이번에는 이렇게 존칭까지 써 가며 애절한 목소리로 바뀌고 있습니다. 어중씨는 안절부절입니다. 아무래도 예의가 아니라는 생각이 드는 것입니다. 마음 약한 어중씨가 배겨 내기에 참 힘든

상황입니다.

그렇지만 마님은 단호합니다.

—절대 문 열어 주면 안 돼요. 문을 열더라도 마당에서 용무를 끝내면 되지만 그게 잘 안 된다는 걸 아시잖아요.

그렇지만 어중씨는 김씨 아저씨의 다음 한 마디에 결국 참지 못하고 벌떡 일어납니다.

—맛있는 술을 좀 구해 왔는데……. 이거라도 좀 전해 드려야 하는데……. 어디 가셨나?

금방이라도 뛰쳐나갈 기세로 벌떡 일어난 어중씨의 바짓가랑이를 마님이 부여잡습니다. 그리고 책장에서 두꺼운 책 하나를 꺼내 손에 쥐어 줍니다.

—독서삼매에 빠졌다 나온 분이 그렇게 황급히 움직이면 어떻게 해요. 저 아저씨 도망 안 가니까 천천히 나가세요. 천천히.

어중씨는 마님이 건넨 책을 받아 옆구리에 낍니다. 벗어 두었던 안경도 씁니다. 그리고 천천히 밖으로 나가 대문을 엽니다. 도야마을의 으뜸 해칭이 김씨 아저씨입니다.

—한서방, 댁에 계셨구만. 그런 줄도 모르고 난 그냥 가려고 했지 뭐야.

김씨 아저씨가 집 안으로 성큼 들어섭니다. 벌써 몇 잔 하셨는지 술 냄새가 코를 찌릅니다. 손에는 반쯤 남은 소주병이 들려 있습니다. 좋은 술 한 병이란 게 저것이었나 봅니다.

―제가 요즘 뭘 좀 하느라 바빠서요.

좋은 술 한 병의 실체가 마시다 만 소주였다는 사실에 배신감을 느낀 어중씨의 목소리가 퉁명스러워집니다.

―뭘 하는데 그렇게 바쁘실까. 이런 한가한 농한기에.

―두꺼운 책을 수십 권 읽고 논문을 써야 하거든요.

내친 김에 어중씨는 계속 퉁명스럽게 대답합니다. 의외의 반격에 큰 타격을 입은 듯 김씨 아저씨가 어중씨 얼굴과 손에 든 두꺼운 책을 번갈아 살핍니다. 어중씨는 김씨 아저씨 앞에서 책장을 드르륵 넘겨 봅니다. 마침 한자와 영문이 빽빽하게 뒤섞인 책입니다.

―논문이라면…… 무슨…… 박사논문 같은 건가……요?

김씨 아저씨의 잔뜩 주눅 든 질문에 어중씨가 쐐기를 박아 두려는 듯 굳은 표정으로 고개만 끄덕입니다.

―그, 그럼 이만 가 봐야겠네. 수고하십시오.

김씨 아저씨가 공손히 허리를 굽혀 절하고 그에 화답해 어중씨도 공손히 허리를 굽혀 절합니다. 김씨 아저씨는 어깨를 축 늘어뜨린 힘없는 뒷모습을 보이며 돌아섭니다.

웃음을 참고 있던 마님이 박장대소하며 마당으로 뛰쳐나옵니다.

―우리 서님, 대단해요. 연극배우 하셔도 되겠어요.

―김씨 아저씨에게 너무 심한 건 아니었나 모르겠어요. 에이 참,
왜 그 마시다 만 소주병은 들고 와가지고…….

착한 도깨비 마을

—오공 본드.

—갈대 빗자루.

어중씨는 다시 바쁜 걸음을 내딛습니다. 잠시 사람들을 만나 이야기하고 다른 생각을 하느라 깜박 잊고 있었던 것입니다. 휴대폰 메모장을 열고 두어 번 반복해 중얼거립니다.

—오공 본드, 갈대 빗자루.

—오공 본드, 갈대 빗자루.

이때 누가 맞은편에서 반갑게 어중씨를 불러 세웁니다.

—아저씨 어디 가시는 길이세요?

걸음을 멈추고 보니 같은 골목에 사는 아주머니가 저기서 걸어옵니다.

―예, 읍내 장에 가는 길이에요.

아주머니는 망태에 든 무엇인가를 한아름 안고 있습니다.

―고추 금방 땄는데 조금 드릴까요?

―지난번에도 누가 주고 가서 아직 남았어요.

―어머 그래요. 그런데 며칠 전 누가 우리 집 마루에 뭘 놓고 갔던데 아저씨가 놓고 간 거 아닌가요?

―아니에요. 뭘 놓고 갔는데 그러세요?

―두유하고 계란이 들었던데 누가 놓고 갔을까?

―저 저는 잘 모르죠.

어중씨는 못된 짓을 하다가 들킨 사람처럼 말까지 더듬습니다.

―이상도 해라. 누가 그렇게 이쁜 짓을 했을까. 빈집에 와서 뭘 가져가는 사람은 있어도 뭘 보태 주고 가는 사람은 내 살다 살다 처음이네.

―그러게 말이에요. 저희 집에도 누가 감자를 한 소쿠리 놓고 가서 잘 삶아 먹었어요.

어중씨는 아주머니를 지나치며 빙긋이 웃음이 나옵니다. 아주머니 집에 두유와 계란을 놓고 온 건 바로 어중씨 자신이기 때문입니다. 아주머니 집 마루에 그걸 놓고 온 건 수시로 누가 어중씨네 마당에 깻잎이랑 고추랑 나물 같은 걸 봉지에 넣어 던져 놓고 가기 때문입니다.

처음 어중씨는 그렇게 날아든 봉지에 쓰레기가 든 줄로 착각했습니다. 쓰레기봉투에 분리수거하는 게 귀찮아, 또 거기에 드는 돈이 아까워 도시 할머니들은 예사로 검은 봉지에 쓰레기를 넣어 남의 집 대문 앞에 버리고 가기 일쑤니까요. 그런데 그 안에는 금방 수확한 싱싱한 채소들이 가득 들어 있었습니다.

어중씨는 어느 날 저녁 추녀 밑에 쪼그리고 앉아 달을 바라보고 있다가 그 범인(?)이 한 골목에 사는 아주머니라는 것을 알았습니다. 수시로 봉지를 날려 보낸 것이 모두 그 아주머니 짓인지는 알 수 없지만 그날의 주인공은 옆집 아주머니였습니다.

아주머니는 담 너머를 쳐다보지도 않고, 가던 걸음을 늦추지도 않고, 지나가는 걸음 그대로 봉지를 휙 던져 어중씨의 현관 앞에 안착시키는 것이었습니다. 그리고는 유유히 자기 집으로 들어가는 것이었습니다. 그것은 달밤을 배경으로 펼쳐진 아름다운 묘기였습니다.

그래서 다음 날 골목에서 마주친 아주머니에게 어중씨는 이렇게 인사를 했습니다.

─어제 주신 거 잘 먹었습니다.

─뭘 말인가요? 난 드린 게 없는데.

─깻잎이랑 고추랑…….

—아니에요. 저는 아니에요.

—그, 그럼 누가 주고 갔을까요?

어중씨가 당황해 이렇게 물었지만 아주머니는 조금도 흔들리지 않고 이렇게 말하는 것입니다.

—그건 아마 도깨비가 그랬을 거예요. 옛날부터 이 동네에 착한 도깨비 이야기가 전해 오거든요.

—도깨비요?

—그래 맞아요. 도깨비. 머리에 뿔이 이렇게 난 착한 도깨비예요.

—어떻게 착한데요?

—부잣집 양식을 퍼다가 가난한 집에 보태 주고 가는 도깨비가 이 마을에 살고 있대요.

—정말요?

—그럼요. 양식뿐 아니라 아픈 집에는 약초도 뚝딱 만들어 주고 갔대요.

—와 대단하군요. 그 도깨비 한 번 봤으면 좋겠다.

—착하게 살면 누구나 볼 수 있다나. 호호호.

—아주머니는 보셨어요?

—아니요. 저는 착한 사람이 아닌가 봐요. 호호.

이런 대화를 나누고 아주머니와 헤어지며 어중씨는 눈시울이 시큰해졌습니다.

도야마을 사람들은 어중씨 내외가 도시에서 사업을 망해 먹고 다른 도리가 없어 이런 외진 촌으로 들어온 것으로 착각하고 있는 것입니다. 그래서 먹을 것도 없을 거라고 생각하는 모양입니다.

농토 하나 없이 무작정 시골로 들어온 부부가 농사도 짓지 않고 살고 있으니 그렇게 생각할 만도 합니다. 그래서 표 나게 주면 마음을 다칠까 봐 전설에나 나오는 도깨비 이야기를 하며 둘러대고 있는 것입니다.

그런 마음은 마을 사람들 모두가 비슷했습니다. 처음 어중씨 부부가 이사 왔을 때 동네 사람들마다 이렇게 물었습니다.

―농사는 뭘 하실 거요?

―농사요?

―촌에 왔으면 농사를 지어야지요.

―저희는 농사 지을 줄 몰라요.

어중씨 부부의 대답에 마을 사람들은 모두 고개를 저었습니다.

―그럼 뭘 먹고 살지? 촌에서는 농사를 지어야 먹을 게 생기는데.

그래도 동네 아저씨들은 그런가 보다 여기는 눈치였지만 아주머니들은 그게 아니었습니다. 어중씨 내외가 뭘 먹고 사는지, 밥은 굶지 않는지, 찬거리는 있는지 못내 걱정스러웠던 것입니다.

그렇게 궁색한 처지가 아니라고 해도 마찬가집니다. 구멍가게도 하나 없고 쌀이나 부식을 파는 가게는 더더욱 없으니 마을 아주머니들이 그런 걱정을 할 만도 합니다.

—농토를 살 형편이 아니면 강가 모래땅이라도 개간하면 감자라도 부쳐 먹을 텐데.

—우리 밭고랑이 넓으니 한 서너 고랑 우선 시작해 보세요.

—도야마을 감자는 전국 특산물이라 벼농사 짓는 것보다 훨씬 재미가 있어요.

마을 아주머니들은 이렇게 권하며 서로 자기 밭 한 귀퉁이를 내주겠다고 했습니다.

—천천히 할게요.

마을 아주머니들의 걱정에도 어중씨는 이렇게 건성으로 대꾸하고 맙니다. 사실 어중씨는 최근까지 도시에서 중학교 선생님을 했고 넉넉하진 않지만 매월 퇴직연금을 받고 있어 생계에는 큰 걱정이 없습니다. 하지만 그런 속사정을 모르는 마을 아주머니들은 자꾸 애가 타는 것입니다. 마님은 그런 속사정을 동네 사람들에게 이야기하자고 했지만 어중씨는 그 문제에 관해서만은 단호합니다.

—그건 여기 들어올 때 우리가 약속한 것이잖아요. 마을 사람들

에게 학교 선생 했다고 말하면 어렵게 대할 게 뻔한데 그런 특별 대우 받고 싶지 않아요. 시골에 왔으니 그냥 시골 무지랭이로 묻혀 삽시다.

어중씨가 이렇게 단호하게 또 한 번 말뚝을 박으면 마님도 입을 다뭅니다. 어중씨 말이 백 번 옳기 때문입니다. 마님은 어중씨의 그런 면모에 반해 결혼했고 이십 년 넘게 잉꼬부부로 살고 있습니다.

*

어중씨는 이제 마을을 벗어나 고갯길로 접어들었습니다.

오른편으로 드넓은 강이 펼쳐지고 왼편으로 울창한 산자락이 펼쳐지는 아름다운 길입니다. 길 한편에 강을 향해 작은 정자가 다소곳이 앉아 있습니다. 오늘은 아무도 없는 빈 정자만이 강을 내려다보고 있지만 어중씨가 처음 이 정자를 만났을 때는 할머니 너덧 분이 거기 앉아 한가한 시간을 보내고 있었습니다.

마님이 운전하는 차로 자신들이 새롭게 정착할 시골 마을을 찾아다니다가 길을 잘못 접어들어 우왕좌왕하던 참이었습니다. 늘 다니던 길 말고 처음 가 보는 길을 가 보자며 무작정 낯선 길로 접어들었는데 그게 화근이었습니다.

길치에 방향치인 어중씨가 무엇을 믿고 그랬는지 마님 앞에서 길에 대한 명상을 아주 멋지게 늘어놓았던 것입니다.

—이미 가 본 길, 그래서 어디가 어디인지 아는 길은 길이 아니라 통로에 불과해요. 길은 모르는 길 낯선 길이어야 길인 거예요. 그래서 길은 멋진 것이고 더 가고 싶어지는 거예요. 우리가 늘 지나다니는 뻔한 길들을 한 번 생각해 보세요. 조금 가면 갈림길이 있고 모퉁이가 있고 막다른 벽이 있다는 걸 아는 길은 가긴 가더라도 아무것도 기대할 수 없는 길이잖아요. 아무것도 기대할 수 없는 길이 무슨 길이겠어요. 길 앞에서 설레어야 하고 가슴이 뛰어야 하고 아득해야 하고 눈물이 찔끔 나기도 해야 하는데 그런 게 아무것도 없잖아요.

어중씨는 이런 그럴듯한 논리로 마님이 자꾸 엉뚱한 길로 들어서도록 유도했고 마님 또한 그 논리에 감화되어 무작정 낯선 길로만 접어들었던 것입니다.

하지만 방향을 종잡을 수 없는 꼬불꼬불한 시골길을 한 시간 가까이 헤매는 사이 운전대를 잡은 마님은 무척이나 기진맥진해 있었습니다. 강가 정자에 앉은 할머니들을 발견할 즈음 어중씨 역시 지쳐 있기는 매한가지여서 얼른 정자로 달려가 이렇게 물었습니다.

—이 길로 계속 가면 어디가 나오나요.

―아이구 젊은 양반들이 여기까지 어쩐 일이래.

묻는 말에는 대답도 않고 할머니들이 얼른 자세를 고쳐 앉습니다. 한가하게 낮잠을 주무시던 할머니까지 낯선 사람들의 방문이 반가운지 벌떡 자리에서 일어납니다. 오십이 넘은 자신을 젊은 사람 취급하니 어중씨도 기분이 좋습니다.

―길을 잃어버려 그러는데 이리로 가면 길이 나오나요?

―길은 나오지. 강길 산길이어서 그렇지.

―차 다니는 고속도로도 나오나요?

―끝까지 가면 보여.

―고속도로 올리는 나들목도 있나요?

―강 건너면 고속도로 올리는 데가 있지.

―그럼 강 건너가는 다리는 있나요?

―없어.

―그럼 어떻게 건너가나요?

―전에는 나룻배가 있었는데 지금은 없어졌어.

―예전엔 나룻배 타면 금방이었는데 지금은 강 건너까지 가려면 읍내 지나 삼십 분은 가야 할 걸.

―삼십 분 가지곤 어림도 없어. 한 시간은 가야 할 걸.

어중씨의 질문에 할머니들이 너도나도 한마디씩 거듭니다. 어중씨가 갈피를 잡지 못하는 사이 마님이 차에서 내립니다.

―마을은 금방인가요?

와중에 마님이 뜬금없이 다른 질문을 합니다.

―그럼 이 고개만 내려서면 바로 마을이지.

―우리 동네 좋아. 구경하고 가. 지금 감자 캐고 있으니 햇감자
도 좀 사 가고.

―도야마을 감자는 전국에서도 알아주는 일등품이야.

할머니들이 앞다투어 마을 자랑을 해 댔고 어중씨 부부는 거
기에 이끌린 듯 생전 처음 도야마을로 들어서게 되었던 것입니
다. 그리고 첫눈에 도야마을에 반해 버렸습니다. 고개 넘어 막다
른 동네여서 그랬는지 강과 산을 끼고 앉아 있는 마을은 무릉도
원처럼 한적하고 깨끗했습니다.

―가까운 곳에 이런 곳이 있었다니. 정말 멋지다.

―우리가 찾던 곳이 여기 있었네요.

어중씨 부부는 그렇게 첫눈에 도야마을에 반해 버렸고 주말
을 이용해 몇 차례 오가며 그 첫인상이 결코 틀리지 않았다는
걸 확인합니다. 그리고 급기야 학교를 명퇴하고 거처를 옮기기
에 이른 것입니다.

물론 그 과정이 순탄하지만은 않았습니다. 부부간의 합의가
단번에 이루어진 것도 아닙니다. 어중씨의 명퇴 타령은 일 년 넘
게 계속되던 일과였습니다.

*

　어느 날 학교에서 돌아온 어중씨가 마님에게 버럭 소리를 질
렀습니다.

―나 학교 그만둬야겠어요.

―학교에서 무슨 안 좋은 일이라도 있었어요?

―학생이 학생 같지 않고 선생이 선생 같지 않은데 뭘 보고 다니
겠어요.

―무슨 일인데 그러시는 거예요?

―학생들이 자꾸 날 보고 바보 어중이라고 놀리잖아요.

―서님 이름 때문에 그러는 거군요. 어릴 때도 그 때문에 놀림을
많이 받았다면서요.

―그게 아니라 했던 이야기 또 하고 뻔한 개그를 자꾸 늘어놓는
다고 그런다는 거예요.

―어떻게요?

―진도 까먹는 거 예사고, 웃기는 이야기 또 하는 거 예사고, 수
업하다 창밖을 멍하니 바라보는 거 예사라고 그런대요.

―서님 그 모습이 재밌고 웃긴다고 아이들이 좋아한다면서요.

―글쎄 이제 그때 아이들이 아니라니까요. 저들끼리 킥킥거리는
것도 모자라 이제 대놓고 소리 지른다니까요.

―뭐라고요?

―샘, 그 이야기 지난 시간에 다 했는데요. 샘 바보예요? 이런다니까요.

―저런 몹쓸 놈들……. 당신이 이해하세요. 요즘 아이들 발랄해서 그래요. 무슨 말이든 속에 넣고 못 있잖아요.

―전에 아이들은 그러지 않았는데……. 이제 수업할 재미도 없고 용기도 안 나고 이러다 내가 화병이 나겠어요.

―화병까지 나요?

―이대로 살다간 울화통이 터져 돌아가시겠다니까요.

―학생들은 그렇고 선생님들하고는 또 무슨 일이 있었어요?

―오늘 교무회의에서 한판 했어요.

―어떻게요?

―멀쩡한 학생을 정학시키려 하잖아요.

―학생이 어떻게 했는데요?

―무단결석을 자주 한다고 그런다는군요.

―문제학생이군요?

―아니에요. 절대 그런 학생 아니에요.

―올해는 담임 맡은 반도 없는데 다른 선생님들이 알아서 하시겠죠.

―작년에 담임 맡았던 학생이에요. 그리고 이건 아이의 장래가

걸린 문제예요. 그걸 어떻게 보고만 있어요.

―아이가 문제아가 아닌 건 확실하고요?

―확실해요.

―어떻게 알아요?

―결석을 자주 해 왜 결석했느냐 물으니까 학교 가려고 집을 나섰는데 비가 오더래요.

―비 온다고 학교 안 가면 어떡해요. 그게 문제아지 다른 게 문제안가요.

―글쎄 그게, 자기도 학교 가려고 집을 나섰는데 우산도 없고 기분이 꿀꿀하더래요.

―그럼 비 오는 날만 결석하는 거예요?

―맑은 날도 더러 결석했어요.

―날도 좋은데 왜 또 결석한대요?

―밤에 잠을 잘 못 잤는데 햇살까지 눈부셔서 걷기가 힘들더래요.

―제 감정에 충실한 아이로군요. 그렇지만 아무리 그래도 학교는 가야죠.

―그래도 난 그게 정학사유가 될 수는 없다고 생각해요. 교감 선생과 그 문제로 대판 언성을 높이고 그랬어요.

―어떻게요?

―학교가 학생을 제멋대로 버리는 학교에 있고 싶지 않다고요.

―그러니까 교감 선생님이 뭐래요?

―그러면 학교를 떠나라고 하더군요.

―세상에, 그렇게 심한 말이 오고 갔어요?

―어쨌든 선생 계속하다가는 내 명대로 못 살 것 같아요.

어중씨의 불만과 분통은 이렇게 매일같이 계속되었습니다. 급기야 학교에 출근하는 일이 무섭다고 자리 펴고 며칠 드러눕기까지 했습니다. 몸살을 앓고 식음을 전폐하고 악몽에 시달리기도 했습니다.

―더 이상 하다간 정말 죽을 거 같아요. 교무실에선 대놓고 왕따고, 수업시간에 아이들은 엎드려 자고, 떠들고, 들락거리고, 제멋대로라니까요. 야단을 치면 삿대질하며 대들고 매라도 들면 고발하겠다고 되레 큰소리라니까요.

너무도 간절하게 이어지는 어중씨의 한탄에 드디어 마님이 두 손 두 발 다 들고 말았습니다.

―그래 맞아요. 서님이 살아야지 서님이 쓰러지고 나면 다 무슨 소용이에요.

그렇게 해서 명퇴를 하기로 했지만 굳이 시골 외진 곳으로 들어가야 하는가에 대해서 어중씨 부부는 서로 생각이 달랐습니다. 두 아이가 집을 떠나 대학을 다니고 있으니 아이들은 크게 문제될 게 없었지만 갑자기 줄어들 생활비와 낯설고 불편한 시골에 가서 무엇을 하며 살 것인가를 마님은 걱정했습니다.

그에 대한 어중씨의 해법은 간단했습니다.

─시골에 들어가 살면 생활비가 적게 들 텐데 뭘 걱정하는 거예요. 간단한 작물은 우리가 농사지어서 해결하면 되잖아요. 그리고 그동안 읽지 못한 책도 읽고 글도 쓰고…….

그렇게 줄다리기를 거듭하다 마님은 어중씨 뜻에 동의해 버렸습니다. 한 번 필이 꽂히면 다른 건 안중에 없는 어중씨 성격을 알기 때문입니다. 십 년 넘게 타고 다닌 마님의 자동차를 폐차하는 과정도 그런 식이었습니다.

이삿날을 받아 놓고 어중씨가 불쑥 또 다른 제안을 했습니다.

─우리 이왕 시골로 가는 거 자동차와 휴대폰도 없애 버리는 게 어때요.

어중씨의 이 말에 마님은 깜짝 놀랐습니다. 사소한 일 하나도 쉽게 결단을 못 내리던 어중씨가 자꾸 이런 제안을 하는 게 믿기지 않았던 것입니다.

더군다나 다른 것도 아니고 휴대폰과 자동차라니요. 집 없인 살아도 차 없인 못 사는 세상이 되어 버린 지 오래고 하루를 굶고 사는 게 낫지 휴대폰 없이는 불안해서 하루도 살 수 없는 세상이 되어 버렸으니까요.

―긴급한 연락이 오면 어떻게 하지.

―누군가에게 전화를 해야 할 일이 있으면 어떻게 하지.

하루에도 수십 번 휴대폰이 잘 있는지 무슨 연락이 오지나 않았는지 계속 들여다보는 게 일이니까요.

한 번 하겠다고 작정하면 아무도 말릴 수 없는 것이 어중씨 성격이란 걸 마님은 알고 있지만 너무 앞서간다는 생각이 들었습니다. 그래서 조용히 이렇게 물었습니다.

―왜 그런 생각을 하게 되셨어요? 시골에 살수록 그게 더 필요할 것 같은데요. 세상과 완전히 인연을 끊을 작정이세요?

―그렇게 거창한 각오는 아니고요. 한 번 그래 보고 싶어서요. 평소에 늘 그런 생각을 했거든요. 자동차 없는 세상에 살고 싶다, 휴대폰 없는 세상에 살고 싶다, 이젠 그걸 실천에 한 번 옮겨 보고 싶어요.

―자동차와 휴대폰 없는 세상이 뭐 별거겠어요. 꼼짝없이 세상과 두절되는 거잖아요.

―그렇지는 않을 거예요. 도시에 살면서도 그런 경우 많잖아요. 휴대폰을 놓고 나오거나 잃어버렸을 때, 또 자동차가 고장 나 움직일 수 없을 때 세상과 단절된 듯한 초조와 불안을 느끼지만 별다른 일은 일어나지 않았잖아요. 단지 조금 늦게 대응하는 차이겠지만 그렇다고 하늘이 무너지지는 않아요.

이처럼 어중씨의 생각은 확고부동했습니다.

　그걸 알아차린 마님이 말합니다.

—급한 일이야 택시를 부르면 되지만 시장 보거나 병원 가는 일상적인 일에 계속 택시를 부르면 돈이 더 들 텐데요.

—그건 내가 바람도 쐴 겸 버스 타고 갔다 오면 돼요. 전화는 유선전화에 메시지를 남기도록 하면 되겠죠. 아무튼 그놈들이 우리의 소중한 기다림 같은 걸 다 뺏어갔다니까요. 약속장소에서 한 시간 넘게 기다리는 일이 다반사였는데 지금은 아무도 그러지 않잖아요. 내가 마님에 대한 사랑을 새록새록 키운 것도 그때였어요. 당신이 약속 장소에 늦게 오고 내가 하염없이 당신을 기다리던 그때.

—어머 정말 그랬어요?

　마님이 태도를 바꾸어 이렇게 박자를 맞춰 주자 어중씨는 신이 납니다. 뭐든지 다 할 것처럼 자신만만해집니다.

　그렇지만 마님은 반신반의합니다. 어중씨의 이런 결심은 작심삼일일 경우가 많으니까요.

　하지만 이번에는 좀 달랐습니다. 두어 달 동안 계속 자신의 주장을 굽히지 않았으니까요. 그래서 어중씨를 지켜보던 마님이 할 수 없이 이런 절충안을 내놓습니다.

—그럼 이렇게 하면 어때요. 두 가지 다 한꺼번에 없애는 건 너

무 급진적이니까 자동차부터 없애는 게 어때요.

—음- 자동차라…… 좋아요. 그게 좋겠네요.

어중씨는 잠시 생각하다가 마님의 새로운 제안을 받아들입니다. 어중씨의 생각에도 휴대폰을 없애자는 제안은 너무 현실성이 없어 보였기 때문입니다.

하지만 마님은 다른 생각을 하고 있었습니다. 지금 새로운 결심으로 인생 2막을 시작하려는 어중씨의 기를 꺾어서는 안 되겠다는 마음이 그 하나였고, 자동차는 어차피 폐차할 지경까지 타고 다녔으니 일단 없앴다가 필요하면 다시 갖는다는 생각이었습니다. 그런 마님의 의중도 모른 채 어중씨는 껄껄 웃으며 마님을 칭찬합니다.

—역시 우리 마님이 최고야. 어쩌면 이렇게 마음이 잘 맞을까. 우린 아무래도 하늘이 점지해 준 천상배필인 것 같아요. 세상과 최소한의 소통을 하려면 휴대폰은 그래도 가지고 있어야 해. 그게 좋겠어.

이렇게 마님을 추켜세우기까지 했습니다.

자동차를 없앤 연유는 이러하지만 처음 운전면허를 따고 자동차를 가졌던 건 마님이 아니라 어중씨였습니다. 그러나 그건 일주일을 채 넘기지 못하고 끝이 났습니다.

기계치에 방향치인 어중씨가 실기시험을 칠전팔기로 겨우 통과해 운전면허를 딴 건 벌써 이십여 년 전입니다. 그걸 마님 앞에 자랑스럽게 흔들어 보이며 차를 몰고 다닌 지 고작 닷새 만의 일이었습니다. 도로를 무단횡단 하던 행인을 다치게 하는 사고가 난 것입니다. 다행히 큰 사고가 아닌 두어 달 입원해야 하는 골절 사고였지만 마님이 달려갔을 때 어중씨는 병원 복도에서 사색이 되어 부들부들 떨고 있었습니다.

―내가 사람을 다치게 했어요. 무서워서 차를 운전할 수 없을 것 같아요.

이렇게 말하며 자동차 키를 마님에게 넘겨준 뒤 어중씨는 운전면허까지 반납해 버렸습니다. 며칠 동안 잠자리에서 악몽을 꾸기도 했습니다. 그러고는 거의 매일 퇴근길에 피해자가 입원해 있는 병실로 음료수나 과일을 사 들고 병문안을 갔습니다.

이를 보다 못한 마님이 어중씨에게 역정을 내기도 했습니다.

―당신 그 여자 분하고 사귀는 거 아니에요? 이제 그 정도면 예의는 다 했잖아요. 본인 과실이 없는 것도 아닌데.

그런 마님의 우려가 전혀 근거 없지는 않습니다. 피해를 당한 그 여자 분은 서른 초반의 독신녀였기 때문입니다. 하지만 어중씨에게는 그런 주변머리가 없습니다.

―차라리 그런 로맨스라도 생겨서 사고를 낸 내 마음이 좀 가벼워졌으면 좋겠어요.

가치 없는
것은 없다

―오늘은 천천히 요놈들하고 눈을 맞추며 가야지.

어중씨 눈이 오랜만에 호사를 합니다. 넓고 잔잔하게 흐르는 강을 한 번 보았다가 큰 나무들을 껴안아 보았다가 그 아래 낮은 들꽃들을 살폈다가, 좀처럼 발걸음이 앞으로 나가지 않습니다. 버스를 타고 이 길을 지날 때마다 좌우로 펼쳐진 수려한 풍경들을 스쳐 지나가며 아쉬웠는데 오늘 그 마음의 빚을 다 갚으려는가 봅니다.

그러다가 금방 또 생각이 바뀝니다.

―아니야. 어서 이 고개를 넘어 읍내까지 가야 해. 마님이 기다리잖아.

그렇게 오르막을 넘고 있는데 웬 아이 하나가 날다람쥐처럼 풀숲에서 불쑥 뛰쳐나와 어중씨에게 꾸벅 인사를 합니다.

―보바샘 아니세요. 저 진수예요. 강진수.

보바샘은 한어중 선생을 부르던 학생들의 애칭이었습니다. 어중씨가 학교에 재직할 당시 한어중 선생을 부르는 별명은 두 가지였습니다. 바보샘과 보바샘, 바보샘으로 부르는 학생들은 어중씨를 좀 덜떨어진 선생으로 보는 쪽이었고 그걸 뒤집어 보바샘으로 부르는 학생들은 그와 달리 어중씨를 얼치기 철학자쯤으로 보는 학생들이었습니다.

어느 날 교감선생님은 그것도 모르고 어중씨에게 이렇게 묻기도 했습니다.

―한 선생, 아이들이 멋진 별명으로 부르던데 그게 무슨 뜻이야? 보바샘.

―글쎄 저도 잘 모르겠어요. 어느 외국동화에 나오는 이름인가봐요.

이렇게 얼렁뚱땅 대답하고 말았는데 느닷없이 그 별명을 부르는 아이가 나타난 것입니다. 그것도 한적한 산길에서 말입니다.

―진수?

―벌써 잊으셨어요. 맨날 결석하고 지각하던 진수예요.

―그래 맞다. 진수, 너 어떻게 된 거니. 그때 결석 자주 한다고 정학될 뻔했잖아.

—정학될 뻔한 게 아니라 정학이 되었죠.

—결국 그렇게 되었구나……. 그런데 여긴 웬일이니?

—이 근처 중학교로 전학 왔어요. 할머니 댁이 이 근처예요.

—잘됐구나. 여기 학교는 다닐 만해?

—예. 선생님. 그런데 잠깐만요. 친구들이랑 같이 있어서요.

　진수가 날랜 동작으로 숲으로 들어가더니 곧 제 또래 아이 둘
을 데리고 다시 나타납니다.

—인사 드려. 전학 오기 전 학교 선생님이야.

　진수가 어중씨를 소개하자 아이들이 꾸벅 인사합니다. 제 또
래 남학생 한 명과 여학생 한 명입니다. 진수가 친구들을 소개합
니다.

—이 친군 동섭이고 이 친군 미숙이에요. 모두 도시에서 이리로
유학 온 친구들이에요.

—그래 좋은 데로 유학 왔구나. 학교에서 수업 받고 있을 시간
인데 여긴 어쩐 일이니?

—자연학습 하고 있는 거예요. 다른 과목은 다 따분해서요.

—여기서는 중학군데도 자연학습이 있니?

—그럼요. 학교 마당 한쪽에 비닐하우스도 있는걸요.

—좋겠구나. 그런데 왜 너희들뿐이니?

—아이 참 선생님도. 수업 땡땡이치는 걸 우리는 자연학습이라

78

고 해요. 그런데 선생님은 여기 어쩐 일이세요?

—나도 학교 땡땡이치고 자연학습 왔지. 저 고개 너머 강마을로.

—음 그러니까 선생님은 영원히 자연학습 오신 거구나. 와 멋지다. 학교를 박차고 나오시다니. 얘들아 그렇지 않니?

진수가 아이들을 돌아보자 두 친구들도 엄지손가락을 번쩍 치켜듭니다.

—난 이 고개를 넘어 읍내로 가야 하는데 너희들은 어디로 가는 길이니?

—저희는 좀 있다 학교로 돌아가야 해요. 샘이 읍내로 가신다니 고개 너머까지 같이 가면 되겠네요.

—그래 잘되었구나. 그리고 이제 선생님이라고 부르지 않아도 돼. 난 이제 선생님이 아니야. 그냥 아저씨라고 불러도 돼.

—그런 게 어딨어요. 한 번 선생님은 영원한 선생님이죠.

—내가 진수의 선생님이었던 적이 있었던가 몰라.

—1학년 때 담임도 하셨잖아요.

—그런다고 다 선생님은 아니야.

어중씨와 세 학생이 나란히 고개를 내려갑니다. 강바람이 시원합니다. 물을 먹고 돌아가는 길인지 고라니 한 마리가 황급하게 길을 건너 숲으로 들어갑니다.

—오공 갈대.

어중씨가 갑자기 생각난 듯 중얼거립니다.

―오공 갈대? 보바샘. 그게 뭔데요?

―아 그거. 심심할 때 나 혼자 되뇌어 보는 주문 같은 거야. 너희들도 왜 그럴 때 있지 않니. 기분이 꿀꿀할 때 외워 보는 주문 같은 거.

―우린 그럴 때 주로 노래를 부르죠.

―그래, 그런 노래 같은 거야 …… 오공 갈대.

어중씨는 이렇게 둘러댑니다.

―보바샘. 그럼 그 노래 한 번 불러 주시면 안 돼요? 오공 갈대 노래 말이에요.

―오공 갈대 노래? 그게 어떻게 시작하더라?

―아이 참 심심할 때마다 혼자 부르신다고 했잖아요.

―내가 언제?

―금방요.

이렇게 되니 어중씨도 빠져나갈 구멍이 없습니다.

―그래 한 번 불러 보자. …… 사나이 우는 마음을 그 누가 알랴 바람에 흔들리는 갈대의 순정.

―보바샘 그건 갈대의 순정이라는 노래잖아요.

―네가 그걸 어떻게 아니?

―저희 아빠 십팔번이거든요.

이렇게 어중씨와 아이들이 웃으며 고개를 넘습니다.

진수가 다시 입을 엽니다.

—기억나시는지 모르겠어요. 갓 중학생이 된 우리에게 이상한 시험 문제를 내 주셨잖아요.

—이상한 문제, 그게 뭔데?

—가치 있는 것은 무엇이고 가치 없는 것은 무엇인가?

—아 그래, 기억난다. 난 그때 그 문제 때문에 같은 국어과 선생님들로부터 원망을 들었어. 여긴 대학이 아니라 중학교고 그것도 이제 막 초등학교를 벗어난 일 학년들이라고.

—얘들아 너희들 같으면 뭐라고 적었겠니? 가치 있는 것과 가치 없는 것.

—글쎄…….

진수의 말에 두 친구들이 고개를 갸웃거립니다.

—나중에 선생님께서 발표를 시켰는데 별의별 답이 다 나왔어. 십 원 동전과 만 원 지폐, 헌 것과 새 것, 못생긴 것과 예쁜 것…….

—그때 진수가 적은 답은 뭐였지?

—사라지는 것과 사라지지 않는 것이라 적었어요. 그리고 그 밑에 뭐라고 괴발개발 이유를 적었는데 선생님께서 우리 반 최고 점수를 주셨어요. 시험 봐서 1등 해 본 적은 그때가 처음이

었어요.

―그랬었니?

―그리고 말씀하셨잖아요. 진수의 답이 가장 훌륭하지만 사라지지 않는 것은 없다고요. 모든 것은 사라지기 때문에 세상은 아름답고 영원하다고 하셨어요. 저는 아직 그 뜻을 잘 모르겠어요.

―그랬구나. 그 말을 뒤집으면 뭐겠니. 사라지지 않는 것은 아름답지 않을 수도 있다는 거야. 삶, 성공, 기억 같은 게 소중한 건 죽음, 실패, 망각 같은 게 있어서 그런 게 아니겠니. 그래서 나는 모든 가치는 반대편 가치에 빚지고 있다고 생각해. 똑똑하고, 부자고, 예쁘다고 생각하는 사람은 우둔하고, 가난하고, 못생긴 사람에게 고맙고 미안하다는 생각을 가져야 하지 않을까? 그들 때문에 자기들이 조금 특별해 보이고 나아 보이는 거니까. 이런 부분에서는 우월하지만 다른 부분에서는 그 사람보다 열등한 면이 얼마든지 있을 테니까. 그러니 뭐겠니? 이 세상에 가치 없는 것은 하나도 없다는 거지.

―무슨 말인지 아직 잘 모르겠어요. 너희들은 알겠니?

―알 것도 같고 모를 것도 같아.

―나도 그래.

　동섭과 미숙의 대답에 어중씨가 두 아이들의 등을 두드려 줍니다.

—그런데 너희들 이렇게 놀아도 되는 거니?

—아니에요 선생님, 저희들 지금 공부하고 있는 거예요.

—하긴 땡땡이치는 것도 공부일 때가 있지.

—그게 아니라 진짜 공부하는 거라니까요. 자율현장학습.

—그게 뭔데?

—교실 수업이 답답할 때 신청하면 할 수 있어요.

—야 정말이니? 그것 참 멋진 방식이로구나.

—그럼요. 주제를 정하고 계획서를 작성해 신청하면 되는데 대신에 탐구 결과를 발표해야 돼요.

—너희들이 설정한 주제가 뭐니?

—강이에요. 멀리서도 바라보고 가까이서도 바라보고 오늘 강 주위를 뺑뺑 돌고 있는 중이에요.

—우리가 너무 막연한 주제를 잡은 것 같아요. 선생님 도움을 받을 수는 없을까요?

—내가 뭐 아는 게 있니. 그냥 걷자꾸나. 그러면 너희들도 생각나는 게 있겠지. 그런데 참 진수는 요즘도 비 오면 학교 안 가니?

—가기 싫으면 안 가도 돼요. 무단결석한 날은 뭐 했는지 시간대별로 적어 제출하고 아이들 앞에서 발표해야 해요. 그것 때문에 땡땡이치는 것보다 학교 가는 게 더 편해요, 이렇게 현장학습

을 나올 수도 있으니까요.

—그렇게 좋은 프로그램을 운영하는 학교가 있다니 놀랍구나.

—그러니까 우리 학교가 대안학교잖아요. 대안이 있는 대안학교.

—그래 맞아 항상 대안은 있어야 해. 한 가지만 통하는 세상은 좋은 세상이 아니야. 한 가지만 옳다고 주장하는 세상은 곧 숨막혀 살 수 없는 세상이 될 거야. 그런데 참 두 친구들 이야기도 들어 보자. 이름이 뭐라고 했지.

—동섭이와 미숙이요.

진수가 대신 대답합니다. 그리고 친구들의 처지도 이야기합니다.

—둘 다 서울서 왔는데요 동섭이는 폭력학생으로 찍혀 자퇴를 했고요, 미숙이는 자살 미수 전과가 있대요.

—그게 무슨 전과니?

옆에서 듣고 있던 미숙이 발끈합니다.

—네가 그랬잖아 전과 1범이라고. 여차하면 또 저지를 거라고.

—그래 그건 전과는 아닌 것 같구나. 전과는 개선하면 되지만 미숙이가 한 건 잘못되면 영영 돌이킬 수 없는 게 되잖니? 그래 미숙이는 왜 그랬니? 그건 위험한 일인데.

—너무 암담해서요. 엄마는 집 나가고 아빠는 술 마시고 때리기만 하고.

―그래, 이제 아버지는 어떠시니?

―저 때문에 혼이 나시고는 술도 끊고 이곳으로 와서 큰아빠 농사일을 거들고 계세요.

―그래, 미숙이가 아빠를 많이 보살펴 드려야 하겠구나. 그리고 동섭이는 왜 그랬니. 친구들과 잘 지내야지.

―저도 잘 지내려고 그랬는데 자식들이 자꾸 피하고 아무것도 아닌 걸 자꾸 제 엄마에게 일러바치잖아요.

어중씨는 말없이 동섭과 미숙의 손을 잡습니다.

―그래, 너희들 셋이 좋은 친구가 되었으니 다행이다. 도시 학교에서는 이제 친구가 없어. 너희들 때는 부모님이나 선생님보다 친구가 더 중요한 건데 말이야. 가깝게 살게 되었으니 이제 나도 너희들 친구로 받아 주렴.

―그러면 우리야 영광이죠. 정말 그렇게 해 주실 거죠, 샘? 좀 늙은 친구이긴 하지만 이야기가 통할 것 같아요.

진수를 따라 아이들이 앞다투어 어중씨 손을 잡습니다. 넷은 그렇게 고개를 내려옵니다.

―애들아, 그런데 말이야. 사람은 실수하고 크는 게 정답인 거야. 실수 한 번 안 하고 누가 그어 놓은 선을 따라 가는 게 더 위험할 수도 있어.

―왜요. 어른들은 다 정해진 길 안전한 길로 가야 한다고 가르

치잖아요.

아이들에게 용기를 주려고 시작한 어중씨 말에 진수가 슬쩍 딴지를 겁니다.

―글쎄 그게 정답에 가깝기는 하지만 누구에게나 다 정답은 아니라는 거지. 그렇게 가면 자기에게 맞는 큰길을 찾을 수 없어. 이렇게 잘 닦인 아스팔트길을 가면 안전하고 빨리 갈 수는 있어도 새로운 많은 것들을 놓치게 될 수도 있어.

―그게 어떤 거예요?

동섭이 눈을 반짝이며 묻습니다.

―너희가 오늘 자연체험학습을 나왔다고 했잖니. 그게 뭐겠니. 우리가 생각하지 않았던 새로운 것들을 만나고 그것들의 가치를 생각해 보라는 거 아니겠니. 모든 체험은 실수하고 실패하기 위해 하는 거야. 위대한 발명 역시 수많은 실수와 실패 끝에 얻은 결과 아니겠니.

―그럼 우리는 실수를 많이 했으니 남보다 더 큰일을 할 수 있다는 건가요?

이번에는 미숙이 묻습니다.

―그렇지. 남과 다른 길로 가 보는 것. 그게 중요한 거야. 어떻게 생각하면 누가 그어 놓은 길로만 가는 게 제일 나쁜 걸 수도 있어.

―그건 또 왜요?

　미숙이 다시 묻습니다.

―그것이야말로 무임승차니까. 나는 너희 때 그러지 못한 게 제일 후회가 된단다. 의심해 보고 회의해 보고 울타리를 벗어나려고 발버둥치는 경험도 필요한데 말이야.

―그런데 어른들은 왜 그런 이야기를 우리에게 안 해 줄까요?

　진수가 알겠다는 듯 고개를 끄덕이며 묻습니다.

―그건 아마 무엇으로부터 이탈해 보는 게 중요하긴 하지만 워낙 위험요소가 많은 일이어서 그런 게 아닐까. 자칫하면 다치기 쉬우니까. …… 너희들 진짜 철없는 짓이 뭔지 아니?

―저희들 나무라시려고 그러는 거죠? 학교 안 가고 폭력 행사하고 자살 소동 벌이고 한 거 야단치려고 그러시는 거죠?

　동섭의 말에 어중씨가 웃으며 대답합니다.

―아니야. 절대 아니야. 내가 생각하기에 말이야 정말 철없는 짓은 어서 크고 싶어 어른 흉내를 내는 거야. 너희들도 지금 한 스무 살쯤이었으면 좋겠지?

―그래요. 보바샘은 정말 족집게라니까.

　진수가 다시 장단을 맞추며 손뼉을 칩니다.

―그런데 참 이상하지? 너희들 나이 들었다는 건 무엇으로 알 수 있는지 아니?

─뭔데요?

어중씨 질문에 아이들 셋이 동시에 어중씨를 바라봅니다.

─나이가 들면 말이야. 제 나이를 말 안 하려고 해. 심지어 실제
보다 줄여서 이야기하려고 해. 그러니까 철이 덜 들었을 땐 나이
를 부풀려 말하고 철이 들었을 땐 나이를 줄여 말하는 거야. 우
습지?

─정말 그러네요.

동섭이 고개를 끄덕입니다.

─하지만 정말 된 사람은 나이가 그대로야. 나이 따윈 중요하
지 않아. 그래서 어느 부분에선 너희가 나의 스승이 될 수 있는
거야.

─어떤 부분에서요?

─내가 죽어도 경험 못하는 거 너희는 이미 하고 있잖니. 수업
땡땡이치는 거.

─아이 참 땡땡이 아니라니까요.

진수가 큰 소리로 말하며 손을 내젓습니다.

─어쨌든 겁이 많고 소심해서 난 중학교 때 아무것도 못했어. 그
냥 집과 학교만 왔다 갔다 했지. 그래서 너희가 내 스승이야.

─우리가 샘 사부님이란 말이죠?

─그래 사부님.

─왠지 어깨가 으쓱해지는데요.

─그래 맞아, 잘 따져 보면 누구나 다른 사람의 사부가 될 자격이 있어. 잘하고 많이 해 본 게 한 가지 이상씩은 있을 거거든.

─히히 신난다. 하지만 세상이 불공평한 건 어쩔 수 없어요. 부모 잘 만나고 부잣집에 좋은 머리 타고 난 친구도 있는데 우린 아니잖아요?

　진수의 말에 두 친구들이 고개를 끄덕입니다.

─맞아 그게 불만의 시작일 거야. 하지만 내가 생각하기에 각자에게 주어진 행불행의 질량은 비등하다고 생각해. 남에게 너희가 부러워하는 행복이 있는 만큼 너희가 모르는 불행도 있을 거야. 또 그 행불행의 질량은 한 생을 통틀어 가늠해 보는 것 아니겠니. 지금 조금 고통스럽다고 자신의 인생 전체를 비관할 수는 없겠지. 지금은 모두가 부러워하는 부자지만 나중에 집안이 망해 빚더미만 물려줄 수도 있어. 또 가업이라며 자신이 하기 싫은 일을 억지로 떠맡을 수도 있어.

　오랜만에 아이들 앞에 선 어중씨의 말이 자꾸 장황해지고 있습니다. 진수가 불쑥 어중씨의 말을 가로막습니다.

─보바샘. 그런데요.

─오 그래, 내가 너무 말이 많았지.

─그게 아니라요. 이 녀석이 아까부터 자꾸 우리 뒤를 졸졸 따라

오고 있어요.

돌아보니 털이 무성한 발발이 개 한 마리가 발발발 바쁜 걸음으로 일행을 따라오고 있는 중입니다. 얼마나 오래 씻지 않았는지 무성한 흰 털이 온통 잿빛입니다.

─집 잃은 도둑개 같아요.

─아냐, 저 녀석은 방랑자 개야. 우리 동네 주위를 마음대로 돌아다니는 녀석이지.

─버림받은 개가 아니고요?

─아이 더러워. 저리 가.

아이들이 질색을 하는 것도 아랑곳없이 어중씨는 개를 안아 번쩍 들어 올립니다.

─이 녀석 이름은 길동이야. 다음에라도 혹시 만나게 되면 길동이라고 불러 줘. 내가 붙여 준 이름이야. 우리 아들 이름이 신동이거든. 늦게 아들 하나를 더 얻은 거지.

─그런데 왜 이렇게 더러워요?

─동네 주위를 떠돌아다니고 있어 먹을 걸 주곤 하는데 우리 집에 두고 키우려 해도 말을 듣지 않아. 제대로 씻겨 주지도 못했어. 사람에게서 해방되고 싶은가 봐.

─그래서 방랑자 개라고 하셨군요. 개는 어떻게든 사람에게 붙으려고 야단인데 참 별스러운 녀석이군요.

미숙의 말에 어중씨가 고개를 끄덕입니다.

—그래 맞아. 길동이는 다른 개들하고는 좀 달라. 이름도 멋지지 않니? 길동이.

—정말 그러네요.

—길동이가 집을 답답해하듯이 너희들도 아마 학교를 답답해하겠지?

—맞아요. 샘은 족집게라니까.

진수가 큰 소리로 대답합니다.

—하지만 꼭 그런 건 아닌 거 같아. 너희들은 학교를 가두는 곳이라 생각하겠지만 보호하고 키우는 곳으로 생각할 수도 있어. 갓난애에게 엄마 품이 필요하듯이 말이야. 어느 시기까지는 학교 품이 필요한 거야.

—그 시기가 언제까진데요?

—그건 사람마다 차이가 있을 거야. 어쨌든 거기서 나하고 다른 여러 친구들과 어울려 보는 게 우선 큰 공부야. 나하고 영 다른 생각을 가진 사람들이 많구나, 내 마음대로 되지 않는 일도 참 많구나, 이런 걸 배우는 거지.

—나쁜 친구들도 있고 좋은 친구들도 있고요.

미숙의 말에 어중씨가 고개를 끄덕입니다.

—그렇지. 그러면서 나는 친구들에게 좋은 친구인가 나쁜 친구

인가, 이런 것도 생각해 보고.

—하지만 답답해요. 감옥 같아요.

—그럴 때도 있겠지. 하지만 학교는 세상의 거센 풍파와 사나운 짐승으로부터 너희를 지켜 주는 곳이야. 불필요하고 답답하다는 생각이 들더라도 그 정도는 참고 이겨 내야 더 거친 세상의 바다로 나아갈 수 있어.

　어중씨 말에 이번에는 미숙이 고개를 끄덕입니다. 그리고 이렇게 묻습니다.

—샘은 중학교 다닐 때 어땠어요?

—나도 학교 가기 싫을 때가 많았어. 딱딱한 의자에 웅크리고 앉아 하루 종일 교과서만 파고 있는 게 정말 싫었지. 나와 다른 생각을 가진 친구들과 어울려야 한다는 것도 싫었고……. 나도 아픈 데 못난 데 숨기고 싶은 데가 많았단다. 다 말 안 하고 드러내지 않아 그렇지 나도 학교 다닐 때 자주 맞고 다녔어.

—왜 맞아요? 샘은 우등생이었을 텐데.

　진수가 불쑥 묻습니다.

—지네들을 무시한다고 그랬겠지. 내가 사교성이 없어서 그런 걸 가지고.

—그때도 동섭이 같은 애들이 많았는가 보죠?

　진수가 동섭의 등을 두드리며 웃습니다.

―왜 가만있는 날 가지고 그래.

―그러게 말이야. 그때도 동섭이 같은 친구, 진수 같은 친구들이
있었지.

―그래도 미숙이 같은 친구는 드물었겠죠.

―그렇다고 볼 수 있지. 그래도 조숙한 친구들은 미숙이처럼 자
살을 생각하기도 했어. 하지만 그렇게 생각만 했지 그걸 행동으
로 옮기는 경우는 드물었어. 그냥 참고 참고 또 참았던 거야. 그
러는 사이 어른이 되어 있더구나.

―무슨 생각을 하며 참았나요. 어서 커서 나중에 혼내 줘야 한다
고 생각하면서 참은 거예요?

―그런 경우도 많았을 거야. 그게 힘이 되기도 했겠지. 나중에
성공해서 이 원수를 갚아야지 하고 다짐한 친구도 있었을 거야.

―그런데 요즘 아이들은 참을 줄을 몰라, 이런 이야기를 하려는
거잖아요.

―그래 진수 말이 맞아.

―그런데 아무리 참으려고 해도 도저히 참을 수가 없는 걸 어떡
해요.

　동섭이 억울하다는 듯 불쑥 이렇게 말합니다.

―그 말도 맞아. 그런데 그건 너희들 책임이 아닐 거야. 본연의
인간성을 다 망가뜨려 놓은 문명의 방식들이 문제지.

─문명의 방식이라면 뭘 말씀하시는 거예요?

─도시화되고 기계화된 속도지향의 모든 것들이지. 차도 있고 컴퓨터도 있고 패스트푸드 같은 것도 있고…….

─그건 샘 말씀이 옳은 것 같아요. 저나 동섭이나 여기 와 살면서 성질이 많이 누그러졌거든요. 걸핏하면 대들고 신경질 내고 그랬는데 그게 몇 달 새 줄어들었어요.

미숙의 말에 동섭도 고개를 끄덕입니다.

─지금 너희가 다니는 학교가 도시 학교처럼 경쟁을 부추기지 않아서 그렇기도 할 거야. 그래 맞아. 맑고 깨끗하고 조용한 환경에서만 살아도 우리는 편안한 기분을 느끼게 되어 있어. 도시의 온갖 시끄러운 소음과 오염된 공기와 어지럽고 현란한 것들에서만 해방되어도 웬만한 병은 다 나을 거야. 내가 지금 그걸 몸으로 느끼고 있거든.

─샘도 그럼 어디가 아파서 이곳으로 오신 거예요?

─그래 맞아. 이대로 도시에서 버티다간 온 데가 다 병들어 곧 쓰러질 거 같더라고.

─그럼 우린 비슷한 동지들이네요.

동섭의 말에 어중씨가 고개를 끄덕입니다.

─그래 동지들이지. 자의든 타의든 도시를 탈출하는 데 성공한 동지들이지. 하지만 지금은 시골마저 빠르게 망가지고 있어 걱

정이야. 마구잡이로 들어선 공장이나 축사 때문에 제대로 숨을 쉴 수 없는 곳이 많아. 가슴을 열고 심호흡을 하고 싶은 곳도 찾기가 힘들어졌어. 그래도 여긴 아직 괜찮으니 우리 있는 힘껏 신선한 공기를 마셔 보기로 할까.

—샘 그래요. 이 좋은 공기가 다 공짜잖아요.

—그래 맞아 공짜야. 요즘은 신선한 공기도 돈 받고 판다고 그러더라. 여긴 아무리 많이 마셔도 공짜니 실컷 마시자.

어중씨와 세 아이들이 잠깐 발길을 멈추고 강을 향해 나란히 서서 두 팔을 번쩍 들어 올려 심호흡을 합니다. 오후의 따스한 햇살을 받은 강물이 금빛 은빛으로 반짝거립니다.

잠시 강을 바라보던 어중씨가 갑자기 생각난 듯 아이들을 돌아보며 말합니다.

—어서 내려가자. 너희들 수업 끝나기 전에는 학교로 돌아가야지.

—괜찮아요. 샘 만나서 야외 수업 받았다고 말씀드리면 담임샘도 좋아하실걸요.

—진수 말대로 너희 선생님께서 이해를 잘해 주시면 좋겠구나. 그런데 얘들아.

—왜요? 샘.

—너희는 학교를 감옥같이 생각하겠지만 그런 것만은 아니란다.

─도시 학교는 정말 감옥이었어요.

─그래 너희들 맘 이해한다. 저기 들판에 비닐하우스 많이 보이지? 학교는 저 비닐하우스와 같은 거란다. 제 철을 만나지 못한 것들을 보호하고 양분을 줘서 키우는 비닐하우스 말이야. 그러지 않으면 딸기와 토마토 같은 걸 우리가 한겨울에 어떻게 맛볼 수 있겠니. 학교는 그러니까 소중하게 쓰일 것들을 키우고 거두는 곳이란다. 제철을 타고 난 것들은 큰 위험이나 고비 없이 크겠지만 그 대신 귀하게 쓰이지는 않아. 거기에 비해 너희는 철을 잘못 만나 어려움을 겪지만 곧 힘든 과정을 이기고 추운 세상에 나가 크고 귀하게 대접받을 거야.

─정말 우리가 그런 귀한 대접을 받을 수 있을까요?

동섭의 말에 나머지 친구들도 눈을 반짝이며 어중씨를 올려다봅니다.

─그래 시련을 이겨 낸 과일이 더 달고 맛있는 법이야. 사과도 일교차가 큰 데서 자란 게 맛있지 않니.

─우리도 그런 사과가 되고 싶어요.

이렇게 말하는 미숙의 얼굴이 발그레 상기됩니다.

─샘. 그럼 마지막으로 친구들이랑 길동이랑 저 아래 개울에 내려가 잠깐만 놀다 가면 안 돼요? 십 분만요.

─그래 동섭이 말대로 딱 십 분만 더 놀다 가자.

어중씨와 세 아이들, 방랑자 개 길동이가 우르르 비탈길을 내려갑니다. 개울가로 먼저 내려선 길동이가 신이나 팔짝펄쩍 뜀뛰기를 합니다.

그런데 큰일 났습니다. 일행을 쫓아가느라 마음이 급해진 어중씨가 가파른 길을 잘못 타고 내려가다 몸의 중심을 잃고 미끄러지고 맙니다. 넘어진 어중씨를 아이들이 부축해 일으켜 세웁니다. 그 바람에 점퍼 주머니에 넣어 둔 휴대폰이 밖으로 빠져나와 대굴대굴 몇 바퀴를 굴러 개울에 풍덩 빠집니다. 진수가 재빠르게 달려가 휴대폰을 집어 들었지만 때는 이미 늦었습니다.

—샘 어쩌죠? 휴대폰이 물에 다 젖었어요. 액정화면도 깨진 것 같아요?

—우리 때문에 괜히 샘 휴대폰만 못 쓰게 되었네요

—괜찮아. 그러지 않아도 없애려던 참이었어.

아이들의 걱정을 덜어 주려는 듯 어중씨가 대수롭지 않게 대답합니다.

—정말요?

—그래 정말이야.

—그럼 샘께 연락은 어떻게 드려요? 샘 만나고 싶을 땐.

—너희들이 날 보고 싶으면 이 고개 넘어 도야마을에 와서 우리

집을 찾으면 돼. 몇 집 안 되는 작은 마을이니까 사람들에게 물으면 금방 찾을 수 있을 거야. 내가 너희들 보고 싶으면 학교로 찾아가면 되고. 그러면 되겠지?

―그러다 샘 어디 가고 안 계시면 허탕치잖아요.

진수가 무척 걱정스러운 듯 묻습니다.

―그럼 메모를 편지통에 남기거나 다음에 또 찾아오면 되지. 예전엔 몇 번을 헛걸음하고 나서야 겨우 보고 싶은 사람을 만나는 게 다반사였어. 그래서 더 반갑기도 했지.

어중씨는 짐짓 이렇게 아이들 앞에서 태연한 척을 합니다. 하지만 속마음은 그렇지 않습니다. 휴대폰은 그렇다 쳐도 오랜만에 아이들 앞에서 너무 많은 말을 쏟아낸 탓인지 장에 가서 사야 할 물건들이 무엇인지 생각나지 않는 것입니다. 휴대폰이 물에 빠져 메모장이 불통이 되면서 어중씨의 기억력도 함께 수장되어 버린 모양입니다.

단지 떠오르는 건 '오공 갈대' 이것뿐입니다. 아무래도 아이들의 도움을 받아야겠다는 생각이 듭니다.

―애들아 너희들 혹시 오공 하면 뭐가 떠오르니?

―샘, 갑자기 그게 무슨 말씀이세요?

진수가 뜬금없다는 표정으로 어중씨를 바라봅니다.

―응 내가 필요한 데가 좀 있어서 그래.

―오공 하면 음…… 박정희, 경제개발, 군사독재 같은 게 떠오
르죠.

―그게 아니라 물건인데 말이야. 집에서 쓰는 물건…….

―가전제품 같은 건가요?

―그렇게 큰 건 아니야. 내가 장에 가서 쉽게 사 가지고 올 수 있
는 거야.

―그게 뭘까요. 주머니에 쏙 들어가는 건가요?

―내가 빈손으로 나온 거 보면 아마 그럴 거야.

―그게 뭘까…… 제가 검색을 한 번 해 볼게요.

진수가 스마트폰을 두드려 보고 말합니다.

―손오공?

―그건 아니야.

―오공부동산?

―그건 더욱 아니고.

―오공본드?

―오공……본드? 그래 바로 그거야. 오공본드.

어중씨가 볼펜을 꺼내 오공본드라고 손바닥에 커다랗게 적습
니다.

―바로 이거야. 오공본드.

어중씨는 위대한 발견이라도 한 사람처럼 손바닥을 쳐다보며

기뻐합니다.

―그리고 또 하나 더 있는데 갈대 하면 떠오르는 거 없니?

―갈대하면 갈대의 순정이죠. 샘 아까 노래도 부르셨잖아요?

동섭의 말에 어중씨가 다급하게 말합니다.

―그런 게 아니라니까. 물건이야 물건.

어중씨의 마음이 갑자기 다급해져 아이들을 번갈아 가며 쳐다봅니다. 이제 해답은 아이들이 다 가지고 있다고 생각하는 모양입니다.

―순천만 갈대…… 그리고 …… 갈대라는 시가 나오네요. 둘 다 시장에 파는 건 아닌데 뭘까.

스마트폰을 들여다보며 진수가 고개를 젓습니다.

―갈대, 갈대, 아, 갈대, 갈대야, 너의 정체를 밝혀라.

동섭이 팔을 벌려 우스꽝스런 동작을 취합니다.

―할 수 없지. 오공본드라도 건졌으니 그나마 다행이다. 이제 그만 헤어져야겠다. 너희들도 학교로 가야 하고 나도 강 따라 한참을 걸어야 읍내로 갈 수 있어. 또 만나자꾸나.

어중씨는 갑자기 마음이 급해져 아이들에게 손을 흔들어 주고는 허둥지둥 강을 따라 혼자 걷기 시작합니다.

그렇게 멀어지는 어중씨를 향해 아이들이 소리칩니다.

―잘 다녀오세요. 보바샘, 곧 도야마을로 놀러 갈게요.

행복과 불행을
맞바꾸다

오공?

갈대?

그 중에서 하나의 답은 얻었으니 다행입니다 절반은 문제가 해결된 것이니 말입니다. 어중씨로서는 절반만 해내도 거의 문제를 해결한 것이나 다름없다고 생각합니다. 시작이 반이라고 했는데 시작을 넘어 절반을 해낼 수 있게 되었으니까요.

—운 좋으면 나머지 절반도 쉽게 해결될 거야.

어중씨의 건망증은 사실 평소에 생각이 많아서 생긴 병입니다. 하나의 생각에서 멈추지 않고 계속 꼬리에 꼬리를 무는 잡념에 시달리는 어중씨로서는 머리가 늘 맑지 못합니다. 생각이 적은 사람의 머리는 투명하고 맑은 웅덩이지만 어중씨의 머리는 온갖 피라미들이 흙탕물을 일으키는 탁한 웅덩이에 가깝습니다.

―갈대? 갈대는 무엇일까.

―사나이 우는 마음을 그 누가 알랴~ 바람에 흔들리는 갈대의 순정.

어중씨는 기분을 바꾸어 보려고 소리 내어 '갈대의 순정' 노래를 다시 흥얼거려 봅니다.

―그래 맞아. 내가 너무 말이 많았어. 말을 많이 하면 허전해. 뭘 다 쏟아 버린 느낌이야. 오랜만에 아이들을 만나 내가 너무 기분이 좋았던 가 봐. 아이들 앞에 서면 무엇인가를 말해야 하는 선생 근성이 되살아난 거야. 그것이 싫어 사표를 던졌는데, 말 않고 살려고 입을 꾹 다물고 살려고 사표를 던진 건데 그걸 또 망각하다니. 말하는 게 재밌어 선생 하는 분들도 있지만 그분들은 정말 선생으로서의 천부적 재질을 타고난 사람들일 거야. 난 한 시간 떠들고 나오면 어지러워 휘청거리기까지 하잖아. 입을 헹구려고 양치부터 하잖아. 말하기 싫어 판서로 설명하거나 책을 읽히기도 했는데 말이야. 말이야말로 세상 모든 것의 화근이야. 사람들 입을 다 봉하면 세상의 평화가 올 텐데 말이야. 수많은 기념일 중에 일 년에 딱 하루라도 전 지구인이 말 않고 사는 날을 정하면 좋을 텐데. 그럼 세계평화가 순식간에 이루어질 텐데. 국가 간의 분쟁도 따지고 보면 말 때문에 생기는 것 아니겠어.

조금만 참으면 금방 끝날 걸 제멋대로 내뱉어 버려 그 뒷감당에 큰 보상을 치르고 있잖아.

어중씨는 계속 이렇게 중얼거리며 걸어갑니다.

―모두 이 휴대폰 때문이야. 이 녀석부터 던져 버려야겠어.

문득 걸음을 멈추고 어중씨가 잠바에 있던 휴대폰을 꺼내 힘껏 강물에 던집니다.

첨벙.

휴대폰이 파문을 일으키며 물속으로 사라집니다.

―컹컹.

개 짖는 소리에 돌아보니 길동이 녀석입니다. 아이들과 헤어질 때 보이지 않던 녀석이 어느 틈에 여기까지 쫓아왔습니다.

―이제 그만 따라오너라. 이런 물골로 읍내에 나가면 사람들이 좋아하지 않아. 그리고 휴대폰 강에 버렸다고 마님에게 일러바치면 안 된다. 알았지?

말귀를 알아들은 것인지 길동이가 그 자리에 쪼그리고 앉습니다.

전화기를 강물에 던지고 나니 어중씨 마음이 훨씬 후련해집니다.

―이젠 휴대폰 따윈 필요 없어.

이렇게 강물을 향해 큰 소리를 쳐 보지만 멀쩡한 전화기를 버리고 왔다고 마님에게 타박을 맞을 것도 같습니다.

―어차피 쓸 수 없게 된 거잖아. 정 안 되면 또 가지면 되지.

　이렇게 약해지려는 스스로를 위로해 봅니다.

―지금 전화기를 강물에 던지신 건가요?

　강물에 퍼지는 파문을 보며 혼자 중얼거리고 있던 어중씨가 이 말에 깜짝 놀라 뒤를 돌아봅니다. 어중씨 나이쯤 되어 보이는 한 남자가 등산복에 배낭을 멘 덥수룩한 모습으로 웃고 있습니다.

―그놈의 휴대폰 때문이라니까요.

―휴대폰이 무슨 큰 잘못을 저질렀나 보죠?

―그럼요. 휴대폰이 생긴 뒤부터 바보가 되어 버렸다니까요. 맞아요 휴대폰을 갖고 다니면서 내가 바보가 되어 버렸어요.

―어떻게요?

―휴대폰이 없었을 때는 최소한 수십 개 전화번호는 외웠는데 이제 제 번호도 가물가물해졌어요.

―그래도 필요할 때가 더 많잖아요?

―아무튼 다시 전화를 가진다 해도 전화번호 같은 걸 휴대폰에 저장하지는 않겠어요. 수첩 가지고 다니며 번호 보고 누르다 보면 예전처럼 다시 외워지겠죠. 저 녀석 때문에 전화번호뿐 아니라 사람 이름도 가물가물한다니까요. 쓰지 않고 내버려 둔 기억

창고에 녹이 슬었나 봐요.

―하긴 물건은 창고에 보관하고 기억은 머릿속에 저장하는 게 가장 확실하죠. 변질되거나 도용될 염려도 없고.

한적한 강가에 웬 사람이 불쑥 나타나 이렇게 장단을 맞추어 주니 어중씨는 갑자기 신이 납니다.

―그럼요. 무얼 믿고 휴대폰 메모장에 내 영혼을 맡기느냐는 거죠. 그깟 휴대폰이 다 무어라고 거기에 너무 내 기억을 맡겨 놓고 살았어요. 이제 집에 가면 아침저녁 운동 삼아 전화번호 외우기를 해야겠어요. 머리도 운동을 해야 하는데 그만한 운동이 또 없겠죠?

―좋은 말씀입니다. 맞아요. 머리도 운동을 해야죠. 요즘 인터넷 때문에 똑똑한 바보들이 양산되고 있잖아요. 인터넷이 지식의 평준화를 이루었다고 떠들지만 사실은 그게 아니죠. 모르는 게 나오고 궁금한 게 있으면 우선 머리를 굴려 스스로 고민해 봐야 하는데 인터넷 검색부터 하잖아요. 그걸로 다 알았다고 생각하고 더 이상 탐구하려고 하지 않아요.

이 말에 어중씨는 얼굴이 화끈 붉어집니다. 조금 전 아이들과 스마트폰으로 오공본드의 기억을 되찾은 걸 다 알고 있는 것 같아서입니다.

―똑똑한 바보, 맞아요 똑똑한 체하는 바보들이죠. 금방 우리가

그랬는데……. 아, 참! 어디 사시는 분이세요? 여기 분은 아닌 것 같은데.

—이 강의 끝에 있는 도시에 살아요. 강의 끝, 바다가 시작되는 도시죠.

—아 그러세요. 저도 거기 살다가 이 근처로 이사 왔는데.

이렇게 말하며 어중씨가 손을 내밀자 낯선 이가 그 손을 잡습니다.

—한어중이라고 합니다.

—저는 그냥 순례자라고 불러 주세요.

—순례자, 멋진 이름이군요. 어디를 순례하시는 중인가요?

—바다가 끝나고 강이 시작되는 지점에서 출발했어요. 강 끝까지 가 보려고 합니다.

—이 강의 발원지를 말씀하시는 건가요?

—그렇죠. 처음은 늘 끝과 연결되거든요.

—계속 걸어서?

—지금까진 그렇게 왔어요.

—왜요? …… 힘드실 텐데.

어중씨는 이렇게 말해 놓고 아차 싶은 생각이 듭니다. 그 먼 거리를 혼자 걸어가고 있는 사람에게 왜요? 라는 질문은 너무나 가혹한 질문이 될 수 있기 때문입니다.

─죄송합니다. 초면에 괜한 질문을 드렸습니다.

─아닙니다. …… 저도 얼마 전 소중하게 갖고 있던 걸 던져 버린 적이 있어요.

─전화기였나요?

─아니요. 돈.

─돈을 던지셨다고요?

─예. 돈이었어요.

─얼마나요?

─통장에 든 삼천만 원을 만 원짜리로 바꿔가지고 길에 뿌리기 시작했는데 다 뿌리지는 못했어요.

─왜요?

─지나가는 사람들이 그게 진짜 돈이면 자기한테 달라며 한꺼번에 달려들었고 곧 경찰이 왔거든요.

─그래서 어떻게 되었나요?

─도로교통법 위반, 돈 학대 같은 걸로 벌금을 내고 풀려났죠.

─모두 신주단지처럼 떠받드는 돈을 학대하다니 대단합니다.

─대단하다는 반응은 처음이군요. 모두 미쳤다고 수군댔는데.

─왜 그러셨어요?

어중씨의 질문에 순례자는 강 저편을 잠자코 바라보다가 대답합니다.

―아내가 자살했어요. 우울증으로 유서를 써 놓고 아파트에서 뛰어내렸어요. 장례를 치르며 생각하니 그놈의 돈 때문이라는 생각이 드는 거예요. 그래서 그렇게 다 버리고 나도 같이 뛰어내리려고 했죠.

―무슨 말씀인지 대충 이해가 갑니다.

―아까 전화기를 강에 던지는 걸 보며 동병상련 같은 걸 느낀 것도 그 때문이에요.

―동병상련이라뇨?

―휴대폰이나 돈이나 그게 그거 아니겠어요. 그게 생기니까 간절하고 절실했던 초심이 자꾸 없어지는 거예요.

―그렇군요. 돈과 휴대폰이 그렇게 연결될 수도 있군요. 다른 가족은 없으시고요?

―아들 하나 있는데 외국 나가 그쪽 여자하고 결혼해 국적도 바꿔 버렸어요. 나라도 아내 곁에 있어 주어야 했는데 일 때문에 그러지 못했어요.

그 말을 해 놓고 순례자는 또 강 저편을 멍하니 바라봅니다. 고속열차가 긴 꼬리를 매달고 쏜살같이 지나갑니다. 깜박 잊었던 게 생각났다는 듯 순례자가 배낭에서 봉투 하나를 꺼내 들며 허리를 숙입니다.

―부탁이 있는데 이걸 좀 받아 주십시오.

─이게 뭔가요?

어중씨가 얼떨결에 봉투를 받아 열어 보니 오만 원권 지폐 한 장이 들어 있습니다.

─다시 생각해 보니 돈을 전달하는 제 방식이 틀렸더라고요. 그렇게 아무렇게나 던져서는 제 죄가 감해지지 않을 것 같아요. 그래서 이렇게 만나는 사람마다 허리를 굽혀 절하고 정중하게 전달하기로 한 거죠.

─그렇지만 생면부지인 제가 이 돈을 받기엔······.

─제발 날 좀 도와주는 셈 치고 이 돈을 받아 주세요. 아니 그것이야말로 정말 저를 도와주는 일입니다. 어차피 제가 가진 돈 전부가 생면부지의 사람들로부터 벌어들인 것이에요. 아무리 생각해도 이 방법밖에는 다른 방법이 없는 것 같아요.

─제가 이 돈을 받으면 마음이 조금 편해지시는 겁니까?

─그렇다니까요. 저를 도와주는 일이에요. 어쩌면 이 돈은 제가 반 강제로 다른 이로부터 뺏은 것일 수도 있어요.

─무슨 일을 하셨는데요?

─여러 가지 장사를 했죠. 옷도 팔아 봤고 외식업도 해 봤고 전자대리점도 해 봤고······. 뭘 판다는 게 그렇잖아요. 미사여구를 동원해 눈을 멀게 하는 거죠. 세상의 재화는 일정한데 내가 조금 많이 가져서 그들이 덜 가질 수 있겠다는 생각이 들더군요. 아내

따라 죽으려고 작정하니까 그런 생각이 드는 거예요. 누군가 많이 가지면 적게 가진 사람이 있겠다는 거. 돈 벌어 아내를 행복하게 해 주었다고 자신했는데 그게 아니었다는 거······.

—그 말씀이 옳은 것 같아요. 누군가 부유해지면 저 반대쪽의 누군가는 궁핍해지겠죠. 그게 자본주의 사회의 생리고 모순이니까요. 그리고 세상의 종말은······ 계속해서 더 많이 가지려는 인간의 욕심 때문에 찾아오는 거겠죠.

어중씨는 순례자를 위로하기 위해 이렇게 장단을 맞추어 주고 있었지만 자꾸 서글픈 생각이 들었습니다. 자신도 그 고리로부터 벗어나려고 도시를 떠났고 지금 저 순례자 역시 그것으로부터 벗어나려고 저렇게 힘든 고행에 나선 것이지만 어차피 인간은 그 고리로부터 벗어날 수 없다는 생각이 들었기 때문입니다.

어중씨는 순례자를 위로하기 위해 무슨 말인가를 해 주고 싶었지만 딱히 떠오르는 말이 생각나지 않았습니다.

—인간이 떠안은 운명이겠죠.

—뭐가요?

—모든 게 다.

어중씨의 말에서 무슨 해답을 찾을 것처럼 순례자가 눈을 반짝이며 반문했지만 어중씨는 말을 얼버무리고 맙니다.

—난 지금 만나는 사람마다 자문을 구하고 있는 중입니다. 날

좀 살려주는 셈 치고 무슨 말이든 해 주십시오.

─전 별로 아는 게 없습니다. 이런 촌구석으로 들어와 사는 사람이 뭘 알겠습니까.

─아내의 고통을 조금도 눈치채지 못했던 저의 어리석음에 비할 순 없겠지요.

순례자의 눈빛이 하도 간절해 보여 어중씨는 잠시 생각하다 두서없는 말을 꺼냅니다.

─나의 행복과 남의 불행을 맞바꾼다는 말이 있지요.

─그게 무슨 뜻인가요.

─자 이걸 받으세요.

어중씨가 순례자의 손에 주먹으로 무엇인가를 쥐어 줍니다.

─이게 무엇입니까?

─제가 가지고 있는 행복 한 줌입니다. 순례자께서도 저에게 한 줌을 주십시오.

어중씨의 말에 순례자도 어중씨의 손에 무엇인가를 한 주먹 쥐어 줍니다.

─저도 행복 한 줌을 한선생에게 드린 건가요?

순례자의 물음에 어중씨가 고개를 흔듭니다.

─아닙니다. 순례자께서는 지금 저에게 불행 한 주먹을 주신 겁니다. 그렇게 우리는 금방 행복과 불행을 공평하게 맞바꾸

었습니다.

—아닙니다. 이건 공평한 게 아닙니다. 행복과 불행을 맞바꾼다는 건 금방 나온 신제품과 골치 덩어리 폐기물을 맞바꾼 것과 같아요. 그럴 순 없어요. 이건 상도의에도 어긋나는 일입니다.

—저는 거래를 한 게 아니라 선물을 주고받은 겁니다. 제 마음이니 부디 물리치지 말고 받아 주십시오.

어중씨의 말에 순례자는 잠시 고개를 숙이고 생각에 잠기더니 불쑥 묻습니다.

—그렇게만 해 주신다면 저야 더 이상 바랄 게 없죠. 절대 물러달라고 하면 안 됩니다.

—물론이지요. 원하신다면 한 번 더 똑같은 거래를 할 수도 있습니다.

—정말인가요?

—정말이다 말다요.

—그럼 염치없지만 제 불행 한 주먹을 더 드리겠습니다.

—저도 제가 가진 행복 한 주먹을 더 드리겠습니다.

—그럼 저는 이만 가 보겠습니다. 갈 길이 무척 많이 남았거든요.

*

순례자와 어중씨는 이렇게 서로에게 이상한 선물을 한 번 더 주고받았고 순례자는 무엇에 쫓기기라도 하듯 어중씨를 혼자 남겨 두고 종종걸음으로 멀어져 갔습니다. 어중씨가 이 거래를 물러 달라고 하면 큰일이라고 생각한 모양입니다.

―나도 그렇게 큰 손해를 본 건 아니야. 추운 길을 가는 길손에게 외투 하나 벗어 준 거나 마찬가지야. 저 사람이 주고 간 불행 두 주먹이 조금 무겁겠지만 난 그런 걸 견디는 데는 이골이 난 사람이잖아.

　어중씨는 신혼 초 마님과 함께 절에 갔던 일이 문득 떠오릅니다. 석가탄신일을 며칠 앞두고 도시 근처 절에 놀러 갔다가 대웅전에 들러 삼배를 올리고 나오는 길이었습니다.

　마님이 어중씨에게 물었습니다.

―부처님께 뭐라고 비셨어요? 저는 건강한 아이를 낳게 해 달라고 빌었는데.

―난 바로 옆에 있는 할머니가 하도 간절하게 절을 하시는 것 같아 그분의 소원이 이루어지게 해 달라고 빌었어요.

―서방님 소원은요?

―너무 많으면 부처님이 힘드실 것 같아 말하지 않았어요.

―그런 게 어딨어요. 자기 거부터 말해야죠. 당신이 무슨 예수님이에요?

이런 타박을 듣기도 했습니다.

어중씨는 자신의 손에 든 오만 원과 경보선수처럼 빠르게 멀어져 가는 순례자를 번갈아 쳐다보며 생각합니다.

—순례자에게 내 행복을 조금 나누어 줬다고 하면 마님은 또 날 보고 손해 보는 일을 했다고 잔소리를 하겠지. 하지만 내가 준 행복이 도움이 되어 저 사람이 무사히 순례를 마치고 돌아갈 수 있다면 그보다 좋은 게 어디 있겠어. 뭘 조금씩 손해 보고 나누어 주는 게 있어야 사람이지. 요즘 생면부지의 사람을 향해 저지르는 묻지 마 범행 같은 것도 그런 게 아닐까. 상실감이 적대감이 되고 적대감이 증오심으로 발전해 약탈과 살상을 저지르는 거야. 조금 더 가진 사람이 먼저 나누어 줬으면 그런 일이 왜 일어났겠어. 복지선진국에서는 부자들이 자신의 수익 절반을 세금으로 내고도 그게 자신에게 이익이라고 생각한다잖아. 최소한 부자에 대한 증오심은 갖지 않을 테니까. 수천 수억을 버는 사람은 절반을 떼 줘도 여전히 큰돈이 자기 몫으로 남으니까 괜찮아. 난 돈을 나누어 줄 형편은 아니지만 마음은 나눌 수 있어. 마음은 돈하고 달라서 아무리 나누어 줘도 줄어드는 게 아니니까 얼마든지 줘도 괜찮을 거야.

어중씨는 이렇게 혼자 중얼거리며 벌써 먼발치까지 사라진 순례자를 바라봅니다.

―기다리는 사람도 없다면서 왜 저렇게 바삐 갈까. 저게 제일 안
좋은 건데. 하긴 배낭에 든 돈을 다 나누어 주려면 바쁘기도 할
거야. 많이 가지면 저래서 힘든 거야. 언젠가는 다 돌려줘야 하
니까.

　어중씨는 다시 걷기 시작합니다.

―그래 맞아. 결국 돈이 화근이었어. 그런데 괜찮을까. 순례자에
게 받은 이 돈 오만 원 말이야. 공으로 생긴 돈은 어서 써 버리는
게 좋다고 하는데……. 그보다 이 돈이 정말 필요한 사람을 만나
면 주어 버리는 게 좋겠어.

　어중씨는 이렇게 다짐합니다.

　사실 어중씨는 돈에 관해서는 별다른 욕심이 없습니다. 도야
마을로 오기 전 십 년 넘게 살던 집을 팔 때도 작은 실랑이가 있
었습니다. 부동산 사무실에서 현재 시세대로 매매금액을 정해
놓았지만 어중씨가 발끈 화를 냈던 것입니다.

―오래 살아 헌집이 다 된 집을 어떻게 이천만 원이나 더 받고
팔아요. 그럴 순 없어요.

―그게 무슨 말씀이세요?

―헌집이 되었으니 그만큼 덜 받고 팔아야지요.

　어중씨의 말에 부동산 직원과 집을 살 사람이 어리둥절한 표
정을 지었습니다. 사리에는 맞는 말이지만 돈을 더 주겠다는데

싫다고 하는 사람은 세상에 처음 보았기 때문입니다.

—그럼 어떻게 할까요?

—아무튼 낡은 집을 더 비싸게 팔 수는 없어요. 돈을 더 받고 파는 건 사기행위에 가깝다니까요.

—그럼 이렇게 해요. 돈 가치가 그만큼 떨어진 것도 있으니 우리가 샀던 가격으로 파는 건 어때요. 그러면 되겠죠?

겨우 이렇게 중재안을 낸 마님의 의견을 받아들여 계약이 성사된 적이 있었습니다. 다른 부부 같으면 부부싸움이 나도 크게 날 일이었지만 마님은 그날 어중씨에게 맛있는 한우 불고기를 사 주었습니다.

—처음에는 좀 당황했지만 생각해 보니 우리 서님 말씀이 옳은 것 같아요. 경제정의가 별거겠어요. 부당한 이득을 안 남기는 그게 경제정의지.

어중씨는 그때 일을 회상하며 흐뭇한 미소를 지어 봅니다. 매사에 우유부단하고 어중간해서 스스로 어중이라는 이름이 찰떡궁합이라고 생각하지만 정말 중요할 때는 단호하고 분명하게 대처하는 자신이 대견하게 느껴집니다. 어중씨가 한 번 단호해지면 마님 역시 군말 않고 박자를 맞추어 줍니다. 그런 걸 보면 자신의 결단력이 결코 나쁘게 쓰이지 않은 것 같아 또 기분이 좋습니다. 덕담과 웃음은 헤프게 써도 큰 문제가 없지만 단호한 언행은 함부로 남발하면 여러 사람에게 상처를 줄 수 있으니까요.

―역시 강이 좋아.

시원한 강바람을 맞으며 어중씨가 콧노래를 흥얼거립니다. 바다 가까이에서 반백년을 살았지만 바다의 기운은 거칠고 팍팍합니다. 거기 사는 사람들의 성품 역시 바다를 닮아 거칠고 팍팍합니다. 그걸 화통하다고 표현하는 사람도 있지만 섬세한 배려가 부족한 화통함은 다른 사람을 귀찮게 하고 상처를 줄 수도 있습니다.

그래서 어중씨는 바다보다는 강이 좋고 강보다는 산이 좋습니다. 산은 말없이 모든 것을 품기 때문입니다. 강도 품고 바다도 품기 때문입니다.

어중씨는 기분이 좋아져서 노래 한 자락을 흥얼거립니다.

저녁 해는 기울고
뜰엔 빨간 분꽃이 피고
들녘 나간 사람들
노을 지고 돌아올 시간

어중씨가 좋아하는 「수진리의 강」 부분입니다. 평소 십팔번으로 내세우는 곡이지만 사실 어중씨는 이 대목밖에 부를 줄 모릅니다. 그래서 술자리에서 사람들이 노래를 시키면 이 대목만 서너 번 계속해서 열창하곤 합니다. '그게 전부야?' 하고 사람들은 묻지만 '아마 그럴걸' 하고 대답하고는 얼른 자리에 앉습니다.

어중씨는 긴 가사를 구태여 다 외어 부를 필요가 없다는 생각입니다. 노래든 일이든 절정이 있기 마련이고 그 절정을 보다 오래 부여잡는 게 인생이라고 어중씨는 생각하는 것입니다.

늦은 점심 먹고 출발해 벌써 두 시간이 지났는데 읍내까지는 아직 더 가야 합니다. 곧장 걷기만 했으면 벌써 읍에 도착해 볼일 보고 지금쯤 돌아가는 버스를 기다리고 있을 시각입니다.

―그래도 버스 타고 가지 않은 건 정말 잘한 일이야. 그렇게 허겁지겁 갔다 왔으면 하루가 좀 허전했을까. 버스 놓치고 걷는 바람에 아이들도 만나고 순례자도 만나고 이렇게 돈까지 생겼잖아. 역시 앞만 보고 곧장 가는 건 아무 쓸모가 없는 일이야. 이런 재밌는 일들을 만날 여지가 없잖아. 좀 고달프고 힘겨운 일을 만날 수도 있겠지만 그러면 어때. 수난과 수심이 없는 인생은 간이 하나도 안 된 음식과 같은 거야. 그런 맹탕을 산다는 건 지루하고 따분하고 무서운 일이지.

이 모든 게 다 도야마을에 들어온 버스가 빨리 가 버려서 생긴 일이니 운전기사 아저씨에게 뭐라도 하나 선물해야겠어. 뭘 줄까? 지난번처럼 읍내 제과점 빵을 사 줄까…….

이렇게 궁리하며 걷는데 저 앞 신작로에서 자동차가 멈추며 어중씨를 부릅니다.

―어이 한박사, 어디 가시나?

한동안 어중씨 집에 소주병을 들고 출근했던 김씨 아저씹니다. 김씨 아저씨는 어중씨가 들고 있던 두꺼운 학술서를 보고 난 뒤부터는 어중씨를 한박사라고 부릅니다. 그 뒤로 오래전에 단종된 포드 자동차를 몰고 다니는 목사님도 보입니다. 김씨 아저씨는 도야마을에 있는 도야교회 종지기로 일하고 있고 그를 교회에 있게 한 것은 목사님이었습니다.

어중씨는 도야마을 주민이 되고 나서 교회를 찾아간 적이 있습니다. 도야마을 종교 시설은 절 한 곳과 교회 한 곳이었는데 아무리 벽촌이라고 해도 절이 있는 건 이상하지 않지만 교회가 있다는 건 신기하게 여겨졌습니다.

교회는 도시 교회에 비하면 오두막이나 다름없는 규모였습니다. 초등학교 교실 하나 크기인 작은 예배당이 겨우 교회의 구색을 갖추었을 뿐 거기에 딸린 부속건물은 얼기설기 판자를 잇댄 움막 수준의 집이었습니다.

어중씨는 마침 텃밭을 일구고 있던 초로의 남자와 인사를 나누었습니다. 허름한 작업복과 햇볕에 탄 얼굴의 그에게 어중씨가 물었습니다.

―목사님은 어디 계신가요?

―접니다만.

―아 그러시군요. 죄송합니다. 도시에서 워낙 깔끔한 목사님만 봐 온 터라.

―그러실 겁니다. 예수님도 석가모니도 남루한 행색을 하셨는데 요즘 목사님과 스님들은 너무 부티가 나지요.

―저는 며칠 전 이 동네에 이사 온 한어중이라고 합니다. 저도 어릴 때는 동네 교회에 다녔었는데…… 교회가 참 아담하군요.

―그런가요. 시골 교회라서 볼품이 없습니다.

―산 중턱에 교회 모습은 보이는데 주일이 되어도 종을 치지 않아 비어 있는 교회인 줄 알았죠.

―아이구, 이런 한적한 동네에 종을 치고 찬송가를 틀어 놓으면 동네가 다 떠나가게요.

―그래도 도시 교회는 신도를 한 명이라도 더 불러들이려고 갖은 방식을 다 동원하잖아요. 신도는 얼마나 되나요?

　어중씨의 이 물음에 목사님은 아무 대꾸도 하지 않고 묵묵히 호미질만 계속하고 있는데 누가 불쑥 두 사람 사이에 끼어들었습니다.

―신자는 세 명. 아니면 두 명.

어중씨가 돌아보니 낮부터 술을 몇 잔 걸쳤는지 한 남자가 비틀거리며 그들 사이에 끼어듭니다. 그가 바로 김씨 아저씨였습니다.

―왜, 교회 오시려고? 신자는 세 명인데 내가 결석하면 두 명이 되기도 하지.

―우리 교회 종지기 아저씨예요. 요즘은 약주 드시느라 바빠 종을 거의 안 치지만. 월남 참전용사로 한때는 용맹을 떨쳤다나 봐요.

―땅굴에 숨은 베트콩들 수류탄으로 많이 박살 냈지. 두두두두 두두두두──

이렇게 자랑하며 김씨 아저씨는 따발총 쏘는 흉내를 냅니다.

―말은 저래도 저 사람 전쟁 후유증으로 만신창이가 된 분이에요. 고엽제 후유증을 앓고 있고, 맨정신으로 하루도 버티기 힘든가 봐요. 자신이 쏴 죽인 베트콩 귀신들이 쉬지 않고 자기를 괴롭힌대요.

―그렇군요. 그래도 교회 일을 보는 분이 매일 저렇게 취해 있으면 어떡해요?

―그래도 어떡합니까. 마땅히 갈 곳도 없으시다니…….

어중씨와 목사님의 대면은 그것이 처음이었는데 그 뒤 김씨 아저씨의 손에 이끌려 교회에 또 한 번 찾아갔던 적이 있습니다.

작은 움막 한 칸에 약간의 신학서적이 탁자 위에 쌓여 있고 벽에는 아주 이상한 그림이 걸려 있었습니다. 하반신은 가부좌를 한 부처님의 모습이고 상반신은 십자가를 짊어진 예수의 고통스런 모습입니다.

—어때요? 보기가 좋죠. 예수와 부처가 사이좋게 한 몸을 이룬 거죠.

목사님의 태연한 설명에 어중씨는 더욱더 눈이 휘둥그레져 한참이나 넋을 놓고 그것을 바라봅니다. 김씨 아저씨가 탁자 위의 책들을 내려놓고 술상을 차립니다.

—우리 목사님 작전은 뻔한 거 아니겠어. 양다리 걸치기.

—우리 집사님은 역시 예리한 데가 있어.

김씨 아저씨의 말에 목사님은 이렇게 대꾸하며 껄껄 웃기만 합니다.

—큰 메시지를 담고 있는 그림인 것 같군요. 목사님이 직접 그리신 건가요?

—볼 만한가요? 하체는 욕망을 끊기만 하면 될 것 같은데 상체가 어려워요. 아직 잘 모르겠어요. 난 저것 때문에 도시의 담임 목사직에서도 파면되고 교단에서도 이단으로 쫓겨났어요.……아주 예쁘게 생겼죠?

어중씨는 목사님의 말에 고개를 갸우뚱 젓습니다.

—예쁘다기보다 솔직히 말씀드리면 좀 괴기스런 느낌이 드는군요, 저 역시 모든 종교는 결국 구원을 향한 한 가지 모색이라고 생각하는데 그런 메시지를 담은 건가요?

—비슷한 거죠. 구원은 누굴 믿기만 하면 저절로 굴러 오는 게 아니라 현실이 손짓하는 달콤한 고리를 끊어 내고 고통스럽게 다가가야 겨우 실마리를 잡을 수 있는 거 아니겠어요.

—그럼 목사님은 천국도 부정하시나요? 저 같은 사람은 천국 문전에도 갈 수 없겠지만 없는 것 보다는 있다고 생각하는 게 행복하잖아요.

—천국이라……. 글쎄, 있을 수도 있고 없을 수도 있겠죠.

—그건 불교식의 답변 아닌가요?

—그럴 수도 있겠죠. 진리는 하나로 통하는 법이니까.

—제가 어릴 때 교회에 다니면서 의문이 생긴 건 천국이 예수를 믿고 회개하는 자만 갈 수 있다는 거였어요. 그럼 예수가 누군지도 모르고 살다 죽은 수많은 사람들은 어찌할 것인가 하는 물음을 던져 보기도 했는데 그때 목사님은 명확한 답변을 안 해 주시더군요.

—그러셨군요.

어중씨의 말에 목사님은 뭐라고 이야기를 시작할 눈치였지만

김씨 아저씨가 말을 막고 나섭니다.

—알아듣지도 못할 설은 그만들 푸시고 한 잔씩 합시다.

이렇게 그날 저녁은 제법 긴 자리가 이어졌습니다. 어중씨는 어릴 때 배운 찬송가 두어 곡을 젓가락을 두드리며 불렀고 술이 떨어지자 김씨 아저씨는 아껴 두었다는 대병 소주를 꺼내 놓습니다. 그렇게 술잔이 오가며 이런저런 이야기를 나누는 과정에서 어중씨는 도야교회의 형편을 좀 더 자세히 듣게 됩니다.

—도야교회는 교단 지원을 안 받는, 사실은 못 받는 독립교회예요. 스폰서나 투자자를 못 구해 저예산으로 독립영화를 만드는 무명 영화감독과 같은 신세지요. 승적 박탈당한 땡초가 하는 절과 같다고도 볼 수 있죠. 신학교 다닐 때 몰래 기숙사 담 넘어나가 막걸리 마시던 동기 목사 몇 명이 약간의 후원금을 보내 줘서 밥은 굶지 않고 살지요. 그 사람들 우리 교회 실상을 알면 그것도 끊어 버릴 것 같아 제발 찾아오지 말라고 당부하는 게 일이에요.

목사님의 설명에 고개를 끄덕이며 어중씨는 몇 가지 궁금했던 걸 묻습니다.

—교회 종소리를 아직 한 번도 못 들은 것 같은데요?

—그러셨군요. 그래도 때가 되면 교회 종은 쳐야 하지 않느냐고 하지만 우리 집사님이 자꾸 잊어먹어 얼마 전부터 치지 않기로

했어요. 치다가 안 치면 사고가 난 거지만 늘 치지 않으면 문제
될 게 없으니까요.

─신자들이 불편할 텐데요.

─그래도 신자는 가끔 제 발로 찾아옵니다. 얼마 전 군에서 휴
가 온 마을 청년이 군대에서 고참들을 피해 일요일이라도 좀 편
하게 보내려고 교회에 나가기 시작했다며 주일 예배에 왔던데
이상한 교회라고 고개를 젓고 가더군요.

　목사답지 않은 목사님의 말씀에 어중씨는 술 취한 김에 용기
가 발동해, 아무리 그래도 이러저러한 것은 직무유기가 아니냐
고 제동을 걸기도 했습니다. 그 말에 목사님은 또 이렇게 대답했
습니다.

─사람들에게 예수 믿으라는 말을 한 번도 해 보지 않았으니 직
무유기가 맞을지도 모르겠군요. 하지만 나름대로는 노력하고
있어요. 교회 오라고 전도를 안 해서 그렇지 길 잃은 양들은 열
심히 찾아다니고 있지요. 들일 나간 농부들 찾아가 일도 도와주
고 성경도 읽어 주고──.

*

　이렇게 여러 이야기가 오가며 됫병 소주를 다 비우게 되었는
데 김씨 아저씨와 어중씨는 대취했지만 목사님은 몸가짐 하나

흐트러지지 않았습니다. 김씨 아저씨는 앉은 자리에서 꼬꾸라져 금방 코를 골았고 어중씨는 목사님을 얼싸안고 이렇게 술주정을 하기도 했습니다.

—목사님, 그래도 하나님은 있는 걸로 하자고요. 부처님도 있는 걸로 하자고요. 이런 난장판 세상에 하나님도 없고 부처님도 없으면 너무 쓸쓸하고 희망이 없잖아요. 그건 너무 야속한 일이잖아요. 인간들이 더 개차반이 되기 전에 있는 걸로 해 두자고요.

그때 일을 생각하며 어중씨는 빙그레 미소를 짓습니다. 크게 취했던 그날 이후 목사님과는 처음 대면입니다.

—한선생 그동안 술은 좀 깨셨습니까?

—아이고 목사님도, 그게 언제 적 일인데요 벌써 반년은 지났겠다.

—하하 벌써 그렇게 됐나요. 그럼 우리 만난 김에 해장술이나 한잔 할까요?

—그건 대환영이지만 이런 허허벌판에 술 마실 데가 어디 있다고.

—강도 있고 저기 산도 있고, 여기만큼 술 마시기 좋은 데가 또 있을라고요. 집사님 한 병 가져와 보실래요.

목사님의 말에 김씨 아저씨가 부리나케 차로 뛰어가 막걸리 한 병을 들고 와서는 주둥이를 엽니다.

―자 한선생이 먼저 한 모금 하시죠.

―잔도 안주도 없이 이렇게 서서 말인가요?

―한 모금씩 하는데 잔이 꼭 필요한가요. 이런 데서는 병나발 부
는 것도 나쁘지 않아요.

―아 그렇군요. 그거 참 멋지겠는데요.

　이렇게 장단을 맞추며 어중씨가 벌컥벌컥 몇 모금을 마시고,
목사님이 두어 모금, 김씨 아저씨가 단숨에 남은 술을 다 마셔
버립니다.

―우린 읍내 대폿집에서 이미 몇 잔 하고 오는 길입니다.

―거기서도 말씀을 전하셨나요?

―그럼요. 교회에서 설교할 때는 조는 분이 있어도 대폿집 설교
는 조는 분이 없거든요.

―그럼 소득이 좀 있었겠네요?

―소득이라뇨?

―전도를 하셨다니 예비 신자를 좀 얻으셨나 해서…….

―우리야 그저 이런 길도 있다는 걸 가르쳐 드리는 것뿐이죠. 살
다 지치면 생각날 때가 있겠죠.

―하긴 요즘은 도시에서도 열을 내서 전도하는 걸 못 본 것 같
아요. 오늘은 무슨 말씀을 전하셨습니까?

―소 돼지들이 매년 죽어 나간다고 한탄을 하셔서 같이 걱정만

나누었어요. 아 참 기도도 했군요. 소 돼지들이 오래 살도록 하늘에 계신 높은 분에게 기도를 좀 해 달라고 해서 같이 기도했지요.

―효과가 있을까요? 효과가 있으면 좋겠는데…….

―글쎄 그건 하나님 뜻이겠죠. 그건 그렇고 읍엔 무슨 일로 가시는 길이에요?

―뭘 사러 가는 길이에요. 오공 본드 그리고 갈대…….

―갈대? 그건 어디에 쓰시게요?

―그건 좀 더 생각을 해 봐야 돼요.

　목사님의 질문에 어중씨는 또 마음이 급해집니다. 깜박 잊고 있던 일이 다시 생각난 것입니다.

―맞아. 이러고 있을 때가 아니지. 어서 가야 해. 이렇게 어정거리다간 날 저물겠어.

　어중씨는 목사님과 김씨 아저씨에게 손을 흔들어 주고는 다시 바쁜 걸음을 내딛습니다. 해는 어느덧 서쪽으로 기울고 강 저편에 붉은빛이 어립니다.

5일장에서 구한
오공 갈대

가는 날이 장날이라고 하더니 읍내로 들어서니 마침 5일장이 서는 날입니다. 우체국이 있고 농협이 있고 목욕탕이 있는 읍내 중심 사거리는 난전을 편 장꾼들이 인도를 거의 차지했습니다.

장꾼들이라야 직접 키운 채소를 난전에 펼쳐 놓은 할머니들과 인근 5일장을 돌아다니는 트럭 행상 몇이 고작이지만 그래도 장은 장입니다. 이것저것 잡다한 것이 펼쳐져 있는 이런 어수선한 분위기야말로 어중씨의 혼을 빼놓기에 딱 알맞은 곳입니다.

―이런 분위기에 휩쓸리다간 그나마 외우고 있는 오공 갈대도 잊어버릴 수 있어. 아이들 도움으로 용케 오공본드는 알아냈지만 갈대는 아직 뭘 말하는 건지도 알아내지 못했잖아. 어쨌든 이 가닥이라도 꼭 붙잡고 잊어버리지 않아야 해. 오 공 갈 대 오 공

갈 대…….

어중씨는 이렇게 구령을 맞추며 장터를 걸어갑니다. 장터 여기저기 1톤 트럭에 물건을 싣고 와 부려 놓은 옷 장사, 신발 장사, 생선 장사들이 보입니다.

—저런 데서 오공본드는 팔지 않을 거야. 그것만은 확실해. 오공본드는 철물점이나 문방구 같은 데서만 팔아. 하늘이 무너져도 그것만은 확실해.

이렇게 중얼거리며 걸어가는 어중씨 앞으로 확성기를 단 행상 트럭이 지나갑니다.

생선이 왔습니다.

대서양 건너 태평양 건너 이제 막 당도한 싱싱한 생선이 왔습니다.

고등어 갈치 민어조기가 왔습니다.

구워서도 드시고 끓여서도 드시고

살이 통통한 맛있는 생선이 왔습니다.

행상트럭의 호객소리는 무척 크고 구성져서 어중씨의 마음이 금방 흔들립니다. 하루 종일 트럭을 몰고 다니려면 지치고 피곤할 텐데 어디서 저런 신명이 나는지 모르겠습니다. 물론 녹음된

걸 반복해서 들려주고 있고, 저런 걸 녹음해서 팔기도 한다는 이야기를 들은 적도 있지만 시골 장거리에서 들으니 더 신이 납니다. 하지만 이 신명에 빠져 자기 걸 잊어버릴까 은근히 걱정되기도 합니다.

―저 소리를 따라가다가 내 걸 또 까먹기 십상이야. 안 되겠어. 무슨 수를 써야지.

맞습니다. 어중씨의 건망증은 사실 따지고 보면 기억력이 나빠서라기보다 주위 것에 금방 동화되는 여린 마음씨 때문입니다. 골똘하게 한 가지 생각만을 가지고 갈 수 없는 것입니다. 아름다운 꽃을 만나면 모든 생각이 꽃으로 바뀌고, 거리에 나가면 잡다한 거리풍경에 정신을 빼앗깁니다. 그런 어중씨가 시골 장터에서 신명 나는 행상트럭의 뒤를 따라가고 있으니 걱정이 앞서는 건 당연한 일입니다.

사실 오공본드는 아까 고개를 넘어오며 만난 아이들의 도움을 받아 손바닥에 적어 놓기까지 했는데 어중씨는 잠깐 그 사실조차 잊어버렸습니다.

잠시 생각에 빠졌던 어중씨가 이 위기를 모면할 방책을 찾았는지 빙그레 회심의 미소를 짓습니다. 그리고 느긋한 표정으로 행상트럭의 외침을 따라 이렇게 복창합니다.

―생선이 왔습니다.

―오공 갈대가 왔습니다.

―대서양 건너 태평양 건너 이제 막 당도한 싱싱한 생선이 왔습니다.

―대서양 건너 태평양 건너 이제 막 당도한 싱싱한 오공 갈대가 왔습니다.

―고등어 갈치 민어조기가 왔습니다.

―오공 갈대 오공 갈대가 왔습니다.

―구워서도 드시고 끓여서도 드시고 살이 통통한 맛있는 생선이 왔습니다.

―구워서도 드시고 끓여서도 드시고 살이 통통한 맛있는 오공 갈대가 왔습니다.

서너 번을 이렇게 복창하는 사이 마침 철물점이 눈앞에 나타났고 오공본드 생각이 번개처럼 되살아났습니다.

―오공본드 주세요.

어중씨가 철물점에 들어서며 얼른 말합니다. 잊어버리기 전에 선생님 질문에 답하려는 어린아이 같습니다.

―또 필요한 건 없으시고요?

주인아주머니가 오공본드를 건네주며 묻습니다.

―있긴 있는데 아직 생각이 잘 안 나요. 갈대 같은 거였는데…….

─갈대 같은 거요? 그게 뭐죠?

─글쎄 그게 뭘까요?

이렇게 되묻는 어중씨를 주인아주머니가 쳐다봅니다. 장난으로 그냥 해 보는 게 아니라는 걸 어중씨의 표정에서 읽었는지 아주머니도 잠시 진지한 표정입니다.

─갈대는 강가에 가면 지천인데 설마 그걸 찾으시는 건 아닐 테고……. 갈대같이 흔들리는 건가요?

─그럴지도 모르겠네요.

─갈대같이 흔들리는 것이라…… 글쎄…… 흔들리는 여자의 마음을 두고 갈대 같다고 했는데 설마 여자의 마음을 찾으시는 건 아닐 테고

─하하, 그런 노래도 있긴 합니다만.

자신의 응답을 재미있어 하는 어중씨를 잠시 쳐다보던 아주머니는 새 손님이 오자 그쪽으로 가 버립니다. 어중씨는 서둘러 값을 치르고 철물점을 나옵니다.

─갈대? 여자의 마음? 그 아주머니 참 재밌는 분이시네. 아무튼 여자의 마음도 가게에 판다면 얼마나 좋을까. 그러면 우리 마님 마음도 수시로 예쁜 걸로 바꾸어 줄 텐데……. 지금처럼 빠르게 변하는 세상의 속도라면 언젠가는 그게 가능할지도 몰라. 스마트폰이나 인터넷 같은 것도 우리가 미처 상상하지 못했던 일들

이었잖아.

어중씨는 오공본드를 아주 어렵게 구한 귀한 물건인 양 잠바 안주머니에 넣어 둡니다.

―한 가지는 해결했고 이제 나머지 하나가 문제야. …… 안 되겠어. 자꾸 생각을 되살리려고 하니까 그놈의 생각이 더 꽁꽁 숨어 버리는 것 같단 말이야. 생각이라는 놈이 심심해서 나하고 술래 잡기 놀이를 하고 있는 것 같단 말이야. 가끔 그럴 때가 있잖아. 안 되겠어. 이러다간 내가 자꾸 생각이란 놈의 술수에 말려드는 것 같아. 아예 생각을 말아야지. 초조해하지 말아야지. 왜 그럴 때가 있잖아. 내가 딴전을 피우고 있으면 '이제 너 같은 건 내 알 바 아니야' 하고 뒷짐을 지고 있으면 신기하게도 슬그머니 생각이라는 놈이 다시 제 발로 기어들어 오기도 한다는 거.

*

어중씨는 이렇게 초조한 마음을 달래 봅니다.

어중씨는 가끔 이런 마인드컨트롤로 자신의 건망증을 극복한 경험이 있습니다. 떠오르지 않는 생각을 다시 붙잡으려고 안달하지 말고 그것을 아예 포기하고 다른 일을 하고 있으면 슬그머니 잊었던 생각이 되살아나는 것입니다. 생각이란 녀석은 철없는 어린아이 같기도 하고 샘 많은 소녀 같기도 합니다. 자꾸 심

술을 부리고 투정을 늘어놓는 것들은 나 몰라라 놔둬 버리는 게 능사일 때도 있습니다.

—갈대 그것이 무엇일까? 그것이 무엇인지는 모르겠지만 나는 이제 너를 잊기로 했다. 네가 어디에 사는지, 어떻게 생겼는지, 무엇에 쓰는 물건인지 더 이상 생각도 않기로 했다. 그러니 오고 싶으면 오고 말 테면 말아라.

이렇게 마음을 정하고 나니 발걸음이 훨씬 가벼워집니다.

사실 어중씨의 건망증은 무척 오래된 증상이지만 그것을 스스로 대견하게 생각하는 측면도 없지 않습니다. 생각이 많은 사람, 철학적인 사색을 쉬지 않는 사람에게 나타나는 특별한 현상으로 보는 것입니다. 이런저런 문제들에 대해 복잡하고 심도 있게 생각하느라 생긴 후유증 정도로 생각합니다.

—기억력이 좋은 사람은 머릿속이 백지와 같을 거야, 서랍 속에 단 한 장의 서류만 넣어 둔 거와 같을 거야. 그러니까 여기저기 많이 뒤지지 않고도 금방 찾아내지. 내 머리 속에는 온갖 서류들이 산더미처럼 쌓여 있어서 금방 찾아내는 건 어차피 불가능해. 그러니까 내 기억의 저장고 안에는 다른 이의 수백 수천 배 생각들이 가득 들어차 있는 것이지.

어중씨는 이렇게 자신의 건망증을 이상한 논리로 변호하기도 합니다. 위대한 학자나 예술가라면 이런 논리가 설득력을 가질 수도 있지만 사실 어중씨의 건망증은 그렇게 미화되기에는 부족한 점이 많습니다. 그걸 간파한 친구 해승씨가 한 번은 이렇게 꼬집었습니다.

―네 말에 일리가 없는 건 아닌데 그건 천재들의 경우고 내가 보기에 넌 좀 다른 것 같은데.

―어떻게?

―기억의 창고가 가득 차서 일어난 일이라기보다 기억의 창고에 구멍이 나서 생긴 일에 가깝다는 거지.

―기억 창고에 구멍이 났다? 그것도 재밌는 견해로군……. 그런데 왜 구멍이 나 버렸을까?

해승씨는 이 질문에 잠시 주춤합니다. 함부로 말하면 어중씨가 깊이 낙심할 것이기 때문입니다.

―그건 말이야…… 기억 창고에 수시로 이걸 넣었다 저걸 넣었다 해서 그런 게 아닐까. 넌 다른 사람보다 좀 생각이 많은 편이잖아. 수시로 새로운 생각들이 들락거리다 보면 창고가 낡아서 구멍이 나기도 하는 거지.

―야 그거 아주 그럴듯한 해석인데. 생각이 자주 들락거려서 기억 주머니에 구멍이 나고, 그래서 기억이 줄줄 새 나간다는 거지.

―그래 바로 그거야.

어중씨는 해승씨의 그럴듯한 변론이 무척 마음에 듭니다. 그런 해프닝은 평소에도 자주 일어나기 때문입니다. 내의나 세면도구와 같은 작은 용품들을 찾지 못해 마님 손을 빌릴 때가 많고 물건들을 조금만 다른 자리로 옮겨 놓으면 온 집안을 뒤지고 다니기 일쑤입니다. 그럴 때마다 어중씨는 자신을 이렇게 변호합니다.

―이건 뭐냐 하면요, 새로운 것에 쉽게 익숙해지지 않는 체질이어서 그래요. 새로운 것에 대한 저항이라고나 할까요. 그러니 나의 사랑도 마님 한 사람뿐이잖아요.

이런 생각을 하며 장터 이곳저곳을 기웃거리던 어중씨가 노점에서 털신 두 켤레를 삽니다. 도야마을에서 보낸 지난겨울은 무척이나 추웠습니다. 시골과 도시를 가르는 경계는 다른 게 아니라 기온이라는 생각이 들게 할 정도로 시골의 한겨울은 추웠습니다. 도야마을은 전에 살던 도시에서 차로 한 시간 정도 북상한 곳이지만 그 차이는 따뜻한 아열대 지역에서 시베리아 눈보라 속으로 들어온 것과 마찬가지라는 느낌이 들 정도였습니다. 여름은 또 겨울과 기싸움이라도 벌이려는지 찌는 듯 무더웠습니다. 그건 아마 추위와 더위를 막아줄 고층건물이 없어서 그런 게 아닐까 어중씨는 생각합니다.

―겨울 찬바람이 몸을 녹일 데가 없어서 그런 걸 거야. 도시에서

는 빌딩 사이에도 숨고, 군고구마 호떡 장사 연탄불에라도 몸을 녹이지만 여긴 허허벌판이어서 바람이 추위를 피할 데가 없잖아. 도시처럼 사람이나 많으면 두꺼운 외투에라도 몸을 녹이지만 여기 바람은 시베리아에서 꽁꽁 얼었던 그대로 내 품에 파고 드니 춥지 않을 수 없지.

이렇게 말하며 어중씨는 마님 보는 앞에서 외투를 펼치고 여미기를 반복합니다.

─그건 또 왜 그러시는 거예요.

─꽁꽁 언 채로 여기까지 온 시베리아 찬바람들을 조금 녹여 주려고요.

올해도 어중씨는 가을 지나 겨울이 오면 들판에 나가 마님과 함께 바람의 시린 손을 녹여 주는 일을 하려고 합니다.

─털신은 그때 신고 다니기에 좋을 거야.

어중씨의 표정에 벌써부터 행복한 미소가 번집니다.

*

─선생님 아니세요? 저 영훈이에요.

시골 장에서는 드물게 이십대 후반으로 보이는 한 청년이 신나게 과일과 채소를 팔고 있어 가던 길을 멈추고 바라보고 있는데 그 청년이 일손을 놓고 어중씨에게 인사를 합니다.

―영훈이?

―고등학교 제자 영훈이요.

―고등학교는 조금밖에 근무 안 해 제자가 많지 않은데…….

―그러니까 금방 기억나실 거예요. 선생님이 제 등록금도 내주셨잖아요.

―등록금?

―그것도 몰라요?

 그제야 어중씨의 기억이 살아납니다. 갑자기 어려운 지경에 처한 제자의 등록금을 내주고 비밀에 부쳐 달라고 했는데 영훈이 서무과로 가서 떼를 쓰는 바람에 자신이 한 일이 밝혀져 민망했던 기억입니다.

―그래 맞아 영훈이, 이제야 기억이 난다. 그때 어머닌가 아버지가 사고로 돌아가셨었지.

―네. 아버지가 차 사고로 돌아가셨지요. 뺑소니 사고였어요. 어머니도 크게 다치셨지만 지금은 많이 회복되셨구요.

―그랬었구나. 내가 첫눈에 기억 못 해 미안하구나.

―아니에요 선생님. 그보다 여기서 이럴 게 아니라 어디 잠깐 들어가세요.

―가게는 어쩌고?

―동생이 잠시 혼자 보면 돼요. 인사드려. 내가 말하던 고등학교

148

은사님이야.

영훈이를 닮은 또 한 명의 젊은 청년이 어중씨에게 꾸벅 인사를 합니다.

근처 국밥집으로 옮긴 두 사람은 국밥 한 그릇씩을 놓고 마주 앉습니다.

—널 이런 데서 만나다니 참 묘하구나. 내 기억으론 영훈이가 공부를 잘했는데 대학은 안 간 거니, 못 간 거니?

—둘 다예요.

—둘 다라니?

—3학년 1학기 때 아버지가 뺑소니 사고로 돌아가시고 2학기 등록금을 선생님이 내주셨잖아요. 대학에 용케 합격은 했지만 어머니와 동생들을 두고 갈 수는 없었어요. 어머니가 사고 후유증으로 거동이 불편하셨고 동생들이 중고생이었으니까요. 부모님이 하시던 가게를 제가 맡아서 하게 된 거죠.

—그때 아버님은 어떻게 돌아가신 거니?

—가게를 마치고 두 분이 차를 타고 집으로 가시다 사고를 당하셨어요.

—사고가 컸었나 보구나?

—아버지는 사고 현장에서 돌아가시고 어머니는 척추를 다쳐 하반신을 쓰지 못하게 되셨어요.

―그랬었구나. 어머니까지 큰 사고를 당하셨구나.

―두 분이 유달리 금슬이 좋으셨는데 그게 화근이었어요.

―그게 무슨 말이니?

―집으로 가시던 길에 도로가 한적해 어머니가 운전을 가르쳐 달라고 아버지께 조르셨대요.

―그런데?

―몇 번 그렇게 졸라도 위험하다며 가르쳐 주지 않으셨는데 그날따라 아버지가 두말 않고 어머니를 운전석에 앉혔다는 거예요. 그러는 사이 맞은편에서 오던 차에 받히셨나 봐요.

―어떻게 그런 일이…….

―처음 한동안 어머니는 당신 몸이 크게 다친 것은 안중에도 없이 당신 때문에 아버지가 돌아가셨다고 크게 슬퍼하셨어요.

―그런 애통한 일을 겪었구나. 미안하다 그런 속사정은 몰랐구나.

―아니에요 그래도 선생님 덕분에 고등학교는 졸업할 수 있었잖아요.

―뺑소니차는 결국 찾지 못하고?

―이젠 다 지난 일이 되어 버려서 그 원망도 다 잊어버렸어요.

　두 사람은 말없이 수저를 놀려 국밥을 먹습니다. 바깥에서 들리는 왁자지껄한 장거리의 소음과 국밥집 안의 시끄러운 말소리에 그들의 식탁은 조용히 파묻힙니다. 어중씨는 어떻게든 영훈에게 힘이 되는 말을 해 주려고 무슨 말이 좋을지를 생각해 봅니다.

―미안하다. 착한 분들에게 그런 끔찍한 불행을 안기다니. 뭐라할 말이 없구나. 너에게만 왜 유독 이런 시련을 주는지 세상을 원망하기도 했겠구나?

―조금은요.

―누군들 힘든 시기가 없겠니. 오늘은 제자들을 만날 운인지 아까 고개를 넘어오며 중학교 제자를 만났는데 그 친구들에게도 사람이 일생 동안 겪는 행불행은 비등하지 않겠느냐는 이야기를 했어. 지금 당장의 행운에 희희낙락하고 불운에 비통해하기 일쑤지만 일생을 통틀어 저울에 달면 그것이 누구나 비슷한 무게를 가질 거라는 이야기를 했지. 그게 맞다면 넌 이미 힘든 일을 많이 겪었으니 앞으로는 좋은 일이 더 많을 거야.

―정말 그랬으면 좋겠어요. 이제 어머니도 안정을 찾아가고 가게도 잘 돌아가는 편이어서 큰 걱정은 덜었어요.

―그래 정말 고맙다. 네가 대견하구나. 고생한 만큼 영훈이가 더 의젓해진 것 같다. 사실 행복과 불행은 그렇게 먼 거리가 아닌 것 같아.

―정말 그런 것 같아요. 선생님 말씀이 큰 용기가 될 것 같아요.

그런데 선생님은 이 시골에 어쩐 일이세요. 학교는 퇴직하신 건
가요?

─그래 얼마 전 퇴직해 강 건너 도야마을로 집을 옮겼단다.

─그러셨군요. 오늘은 뭘 사러 나오셨나요? .

─응 그래. 하나는 샀는데 하나는 아직 못 샀어?

─그게 뭔데요? 일러주시면 제가 금방 사 올게요.

─글쎄 갈대 같은 건데…….

─갈대 같은 거요? 그게 뭐지…… 갈대로 만든 건가요?

─그럴지도 모르겠네.

　어중씨의 어중간한 대답에 영훈은 잠시 생각더니 자리에서 벌
떡 일어나 식당 안에 모인 손님들을 향해 공개질의를 합니다.

─어르신들, 식사 하시는데 죄송합니다. 뭘 하나 여쭤 보려고 하
는데요 갈대로 만든 게 뭐가 있을까요. 시장에 파는 건데요.

　영훈이 불쑥 내민 질문에 실내가 잠시 조용해집니다. 대부분
무슨 엉뚱한 소리냐는 표정이었지만 안쪽에 있던 어르신 한 분
이 금방 답을 내놓습니다.

─갈대로 만들어 파는 거야 뻔하지. 빗자루나 발 같은 거겠지.

─선생님, 빗자루나 발이라고 하시는데 맞나요.

　영훈의 말에 어중씨가 자리에서 벌떡 일어납니다.

─빗자루 맞아요. 갈대 빗자루. 그걸 사 오라고 했어요. 도야마

을은 바람이 많이 불어 지푸라기가 많이 날리거든요.

어중씨의 말에 식당 안이 웃음바다가 됩니다.

―선생님. 금방 갈대 빗자루 사 오겠습니다.

이렇게 소리치며 영훈이 장거리로 뛰쳐나갑니다. 국밥집 안이
다시 왁자지껄해지고 호탕한 웃음소리가 이어집니다.

*

―기사양반 고마워요.

어중씨는 손을 들어 세운 버스에 올라타며 운전기사를 향해
인사부터 합니다. 정류소가 아닌 곳에서 승객을 태우는 건 도시
에서는 어림도 없는 일입니다.

―하마터면 큰일 날 뻔했네. 그 녀석 참 끈질기기도 하지.

조금 전까지 어중씨는 신작로에서 영훈과 한참이나 실랑이를
벌였습니다. 영훈은 어중씨를 제 차로 도야마을까지 모셔다 드
리겠다고 우기고 어중씨는 장날이라 가게 일도 바쁜데 오늘은
그냥 헤어지자고 우겼습니다. 이제 네가 일하는 곳을 알았으니
다음에 또 보면 되지 않느냐고 우겼습니다.

그러나 영훈은 영훈대로 완강하게 버텼습니다. 아무리 바빠도
지금은 선생님을 댁까지 모셔다 드리는 일보다 더 바쁜 일은 없
다고 우겼습니다. 털털거리는 1톤 트럭이지만 도야마을까지 십

분이면 갈 수 있다고 우겼습니다.

어중씨가 우물쭈물하는 사이 영훈은 차를 가져오겠다며 가게 뒤쪽으로 뛰어갔고, 어중씨는 마침 그 앞을 지나가던 버스를 세워 무조건 올라탔던 것입니다.

─참 질긴 녀석이야. 그러니 그 불행을 당하고도 저리 씩씩하지. 기특한 녀석. 난 이렇게 버스 타고 가면 될 일인데 시간 낭비하며 덩달아 수고할 게 뭐 있어. 시간 뺏기지, 기름 소비되지, 고갯길에 날 태워 주고 오다가 사고라도 나면 어쩌려고…….

어중씨의 이런 고집은 사실 어제오늘 일이 아닙니다. 누가 집까지 태워 주겠다고 해도 어중씨의 원칙은 언제나 동일한 코스까지만 동승하는 것입니다.

─내가 사라진 걸 알고 영훈이가 무척 서운해할 테지만 또 만날 거니까 괜찮아. 그 어려운 일을 당하고도 아버지를 대신해 가족들을 돌보고 있으니 참 대견한 녀석이야. 다음에는 내가 꼭 녀석에게 술을 한 잔 사 줘야지. 저런 녀석이 사위가 되면 얼마나 좋을까.

어중씨는 이런 생각들을 이어가며 빙그레 미소를 짓습니다. 이때 누군가가 자신의 옷자락을 자꾸 잡아당겨 바라보니 외국인 청년이 자리에서 일어나 어눌한 한국말로 자리에 앉기를 권합니다.

─여기 앉으십시오.

─아니오. 괜찮아요. 그냥 앉아 가세요.

어중씨는 정색을 하며 손사래를 칩니다. 자신이 자리 양보나 받으려고 옆에 서 있는 줄로 알까 봐 몇 걸음 뒤로 물러서기까지 합니다. 하지만 외국인 청년도 지지 않고 어중씨를 끌어당겨 자리에 앉히고 맙니다.

─아닙니다. 아닙니다. 어서 앉으십시오.

마지못해 자리에 앉으며 어중씨가 버스 안을 돌아보니 외국인 청년들이 차 안 대부분입니다. 우리나라에 돈 벌러 온 외국인 노동자들인 모양입니다. 강 건너 공단 지역으로 가는 버스인가 봅니다. 어중씨는 아차 싶어 운전기사에게 묻습니다.

─기사님. 이 버스 도야마을 가는 차 아닌가요?

─아이구 손님, 차를 잘못 타셨군요. 하지만 도야마을 넘어가는 고개 입구는 지나가니까 거기서 내려 바꿔 타시면 되겠네요. 그러니까 보자…… 고개 입구에서 한 시간 정도 기다리면 도야마을 가는 막차가 오겠군요.

그제서야 어중씨는 마음을 놓고 자리를 양보해 준 외국인 청년을 바라봅니다.

─고맙소. 그래 어느 나라에서 오셨소?

─인도네시아에서 왔어요.

─멀리서 돈 벌러 와 고생이 많으시겠네. 이름이 뭐예요?

─로이라고 합니다.

─그래 한국에 온 지 얼마나 되었어요?

─3년 되었어요.

─돈은 많이 모았나요?

─돈 모으지 못했어요.

─왜요?

─회사가 갑자기 문을 닫아 월급을 받지 못했어요. 다른 공장에
서 또 그랬어요. 함께 일한 한국인들에게는 월급 다 줬어요.

─저런, 그런 악덕 업자들이 있다는 이야기는 들었지만…… 미
안하군요.

어중씨는 그게 마치 자신의 잘못인 양 얼굴을 들지 못합니다.
버스 안에 타고 있는 외국인 근로자들이 모두 자신을 쳐다보고
있는 듯합니다. 로이가 그걸 눈치챈 듯 조용히 말합니다.

─그렇지만 좋은 한국 사람도 많아요.

─맞아요. 그래 돈은 주로 어디에 써요?

─한국에는 신기한 거, 갖고 싶은 거, 먹고 싶은 거 너무 많아
요. 천사 타고 큰 도시에 가서 놀다가 어떤 친구는 한 달 월급
다 써요.

─천사가 뭐예요?

—유내에서 대도시로 가는 큰 버스 있어요.

　로이는 버스 유리창에 손가락으로 1004를 씁니다.

—아, 1004번 좌석버스 말하는구나. 내가 그 도시에서 살다 왔는데.

—거기 가면 술집 많고 예쁜 천사들 너무 많아요.

—한국사람 많이 원망했겠군요?

—한국사람들 많이 좋아해요. 대부분은 정이 많고 잘해 줘요. 그런데 몇몇 사람은 정말 나빠요. 열심히 일하면 다시 돈 모을 수 있어요.

—어디나 다 그렇죠. 좋은 사람도 있고 나쁜 사람도 있지요. 낯선 나라에 와서 나쁜 사람에게 당하니 더 힘든 거지요.

　그렇게 한창 이야기가 무르익어 가는데 운전기사가 큰 소리로 어중씨를 부릅니다.

—도야마을 가시는 손님 여기서 내리셔야 합니다.

　이 말에 어중씨는 아까부터 주머니 속에서 만지작거리던 오만 원권 지폐를 꺼내 로이의 손에 꼭 쥐어 줍니다. 아까 방랑자에게서 받은 돈입니다. 그리고 얼른 버스에서 내립니다.

보름달이 떴다

—저물녘 햇살이 이렇게 따사로운 줄 몰랐네.

자리도 양보해 주고 잠시 말동무도 되어 준 로이와 작별인사도 하지 못하고 황급히 내린 고개 입구는 서편으로 넘어가는 막바지 해의 온기로 따사롭습니다.

—허허벌판인 여기서 어떻게 한 시간이나 기다리지? 고개만 넘으면 도야마을인데 빠른 길로 질러가면 그 안에 집까지 가겠다. 마님은 또 얼마나 날 기다릴까.

어중씨는 정류소에 막연히 서서 기다리는 것보다 걸어서 고개를 넘는 게 훨씬 낫겠다는 판단을 합니다.

—마님이 여러 번 전화했을 텐데 통화가 되지 않아 무척 걱정하고 있을 거야. 어서 가야 해.

이렇게 다짐하며 어중씨는 고개를 향해 빠른 발걸음을 내딛습니다.

　하지만 조금 걸었는데도 오르막길을 오르는 발걸음은 자꾸 무거워지기만 합니다. 서너 시간을 내리 걷기만 했으니 몸이 지치는 건 당연한 일입니다.

―날이 어두워지기 전에 이 고개를 넘어야 해.

　어중씨는 급한 마음에 고개를 따라 완만하게 구부러진 아스팔트길을 버리고 숲 사이로 난 오솔길을 선택합니다. 어림짐작으로도 빙빙 굽이치는 아스팔트길보다 산길을 질러 넘어가면 금방 도야마을이 나타날 것 같았기 때문입니다.

　마침 산길은 떨어진 잎들로 융단을 깔아 놓은 듯 폭신폭신했고 큰 나무가 드리워주는 그늘이 시원했습니다.

―아까도 이 길로 넘어왔으면 좋았을 텐데. 이런 맛에 사람들은 등산을 즐기겠지.

　그렇지만 경사가 급한 오르막을 올라가려니 힘이 많이 듭니다.

―오늘은 너무 걸었어. 여기서 잠깐만 쉬었다 가자.

　어중씨는 마침 나무 그늘이 넓게 드리워진 평평한 바위를 발견하고는 다리를 펴고 하늘을 향해 누워 봅니다. 울창한 나뭇가지 사이로 저물녘의 가을 하늘이 펼쳐져 있습니다. 그렇게 잠시 쉬어간다는 게 시원한 바위그늘에서 깜박 잠이 들었던가 봅니다.

―이봐. 어서 일어나 봐.

누군가 자신을 흔드는 기척에 번쩍 눈을 뜹니다. 장난기가 가득한 사람들이 어중씨를 내려다보고 있습니다. 어중씨보다 젊어 보이는 세 명의 아저씨들입니다.

어중씨가 벌떡 일어나 앉습니다. 그 사이 하늘에는 둥근 보름달이 떴습니다.

─누구세요?

─우린 이 근처 사는 사람들인데 재미있는 이야기 하나 해 줘. 심심해.

─누구신데 그러시는 거예요?

어중씨가 영문을 몰라 한 번 더 묻습니다. 옷차림들이 영락없는 옛날 촌부들 모습입니다.

─우린 오래된 사람들이야.

─오래된 사람? 에이 장난치지 마시고요. 저보다 나이도 안 많아 보이는데.

─그래도 우린 무척 오래된 사람들이야.

─나이가 얼마나 됐는데 그러시는 거예요? 초면에 말까지 탁탁 놓으시면서…….

어중씨가 생뚱맞은 표정을 지으며 정색을 합니다.

─그건 우리도 확실히 몰라. 천 살, 아니 아니, 이천 살은 되었을걸.

─에이 농담하지 마시고요. 백 살 살기도 힘든데 천 살이 넘었다는 게 말이 되나요.

─설명하려면 길어. 하여튼 우린 오래된 사람들이야. 그건 그렇고 밤에 한적한 산길에서 낯선 사람을 만났는데 무섭지도 않아?

─귀신이나 호랑이도 아닌데 뭐가 무서워요. 그리고 어떤 상황

이든 침착하게 대응하면 화를 면한다고 했어요.

─누가?

─우리 마님이요.

─마님? 요즘도 종살이하는 사람이 있나?

─그게 아니라 우리 마누라님이요.

─그건 그래. 우리도 일찍 그렇게 했더라면 무사했을 텐데 말이
야. 그때 우리 마누라도 이런 어지러운 시절에는 함부로 앞에 나
서지 말라고 했거든.

─그래서 무슨 안 좋은 일 당한 거예요?

─그렇다고 할 수 있지. 그래도 후회는 없어. 나라를 지키다 그
리 된 거니까. 나라를 지키는 게 곧 내 부모 형제와 가족을 지키
는 일이니까.

─좀 더 자세히 이야기해 주세요.

─우린 가락국 백성이었는데 저기 보이는 강을 건너 침공한 적
과 싸운 마지막 전사들이야. 그리고 지금은 이 고개를 지키는 수
호신이 되었지.

─그럼 귀신?

　어중씨가 놀라 갑자기 몸을 부들부들 떨기 시작합니다. 그러
자 수염이 덥수룩한 한 사람이 어중씨를 안심시키려는 듯 조용
히 말합니다.

—금방 이야기했잖아. 우린 수호신이고 오래된 사람들이라고. 오래된 사람들은 절대 허튼짓 안 해.

—정말 귀신 아니고 오래된 사람들인 거죠.

—그래 확실해. 그러니 재밌는 이야기나 해 줘.

—그래도 저보다 나이도 많아 보이지 않는데 왜 자꾸 말을 놓는 건가요.

—우리가 나이는 많지 않아도 오래된 사람들이잖아. 그리고 우리들 세상에서는 말 높이는 거 큰 의미가 없어. 기분 나쁘면 너도 말 놓으면 되잖아.

—전 아무에게나 함부로 말 안 놓아요.

—그래도 한번 해 봐. 재밌어. 어서 이야기 하나 해 줘.

어중씨는 당돌하고 장난기 가득한 사람들의 정체가 미심쩍었지만 하도 재촉하는 바람에 우선 떠오르는 이야기 하나를 시작합니다. 그리고 혼자 말을 높이고 있는 건 아무래도 손해를 보는 일인 것 같아 그들의 요청을 받아들여 말을 놓기로 합니다.

—옛날 한 스님이 혼자 산을 넘다가 도둑을 만났대.

—옳지.

어중씨의 이야기에 오래된 사람들이 추임새를 넣기 시작합니다.

—가진 것은 물론 옷까지 다 벗어 주었는데 도둑은 내가 사라질

때까지 꼼짝도 하지 말라며 장난삼아 근처에 우거진 풀을 당겨와 스님을 묶어 두고 가 버렸대.

—옳지.

—그걸 헤치고 나오면 그만이었지만 풀이 다칠까 봐 스님은 꼼짝도 않고 그대로 있었대.

—옳지.

—한참 뒤 지나가던 사람이 스님을 풀어 주었지만 스님은 제 몰골은 아랑곳 않고 풀이 다친 데는 없는지 한참을 살폈대.

여기까지 말하고 어중씨가 잠시 오래된 사람들의 반응을 살핍니다. 오래된 사람들이 말합니다.

—에이 뭐야, 바보 스님 이야기잖아.

—아니야 뭔가 대단한 철학이 있는 것도 같은데…….

오래된 사람들의 반응이 서로 엇갈립니다. 어중씨는 잠시 어깨를 으쓱하고는 다음 이야기를 이어갑니다.

—누더기를 얻어 몸에 걸친 스님이 한 집에 들어가 먹을 걸 구했대.

—옳지.

—불쌍히 여긴 주인이 부엌으로 간 사이 집오리가 제 주인이 만지던 옥구슬을 냉큼 삼키고는 포식이라도 한 듯 뒤뚱뒤뚱 광으로 사라졌대.

―옳지.

―먹을 걸 가져온 주인은 조금 전까지 자기가 만지던 옥구슬이 없어진 걸 알고는 은혜를 원수로 갚는다며 스님을 광에 가두었대.

―옳지.

―주인이 재차 닥달해도 스님은 아무 말도 하지 않았대.

―옳지.

―스님은 밤새 배앓이를 하는 집오리의 배를 어루만져 주었대.

―옳지.

―자신의 배를 가른다고 해도 절대 자기가 본 걸 말할 수 없었던 거지.

이때 다른 사람과는 달리 연신 고개를 갸웃거리고 있던 한 오래된 사람이 불쑥 이야기를 가로막습니다.

―왜 그걸 말 못 해. 벙어리였나?

―이 바보야. 그러면 거위가 죽게 되잖아. 옥구슬을 꺼내려고 거위의 배를 가를 게 뻔하니까.

―아하 그렇구나. 그 스님 대단하네. 그래서 그 스님은 어떻게 된 거야?

오래된 사람들이 옥신각신하는 걸 어중씨가 빙그레 미소를 띠며 바라봅니다. 자신의 이야기에 장단을 맞추어 주고 있으니

169

기분이 좋습니다.

—꼼짝없이 누명을 쓰게 된 거지. 거위는 다음 날 옥구슬을 어딘가 내놓았겠지만 스님은 관아로 붙잡혀 가 더 견고한 옥에 갇히고 말았지.

—옳지.

—그렇게 오래 옥에 갇혀서 뒤뚱거리며 그 집 마당을 돌아다닐 거위 생각을 하며 빙그레 웃었다는 거야.

—야 대단한 스님이로군.

—그 스님 그래서 성불한 건가?

—바보야, 그 정도면 나도 성불했겠다. 부처가 된다는 게 그리 쉬운 줄 알아.

—그럼 내 전생 이야긴가?

—그만한 공덕을 쌓았으면 벌써 승천했지 지금 여기에 있겠어?

—하긴 그래.

—그렇게 보면 우리 팔자가 기구하지. 다음 세상으로 가지도 못하고 죽은 자리에서 배회하고 있으니 말이야.

어중씨가 그제서야 놀라 몸을 움츠립니다.

—그럼 아까 말한 대로 정말 오래된 사람들!

—괜찮아, 우린 착한 사람들이야. 오랜 세월 동안 개과천선한 사람들.

―후 그래도 안심이다. 귀신은 아니니까.

어중씨의 말에 오래된 사람들이 박장대소를 합니다.

―정말 웃기는 친구로군. 귀신이나 우리나 그게 그건데 말이야.

―뭐 어때, 그러니까 줄행랑치거나 졸도하지 않고 우리하고 놀아 주는 거잖아.

―맞아. 귀신이라고 졸도하는 것도 다 머릿속에 입력된 나쁜 정보 때문이야. 어중씨는 그런 게 없는 순수한 영혼인 것 같아.

―맞아, 순수한 영혼.

맞장구를 치는 사람들 사이에서 어중씨는 어깨가 으쓱해집니다.

―수호신들에게 칭찬을 다 듣고, 오늘은 운수대통한 날이야. 내 생애 최고의 날인가 봐.

어중씨의 말에 오래된 사람들이 또 한 번 박장대소를 터트립니다.

―난 이 이야기 듣고 느낀 게 많아.

―뭔데?

―우리가 전쟁에서 지고 그게 억울해 다음 세상으로 가지도 못하고 이 고개에 남게 되었잖아.

―그랬지.

―처음에는 전쟁에서 진 게 분해서 지나가는 사람들을 괴롭히기

도 했잖아.

―그랬지.

―그래서 다음 세상으로도 가지 못하고 여기서 떠돌게 되었
잖아.

―그랬지.

―그런데 그게 행복했느냐는 거야. 그래서 우리의 한이 풀렸느
냐는 거야.

―아니지. 그걸로 성에 차지 않아 더 나쁜 짓을 했지.

―여러 사람을 이 고개에서 다치게 하고 여러 사람을 죽게 했지.

―거 봐. 그래서 우리가 마음을 고쳐먹었잖아.

―다 같이 착한 수호신이 되기로.

―오늘도 우리는 착한 일을 했잖아.

―그랬지.

―계곡에서 넘어져 크게 다칠 뻔한 어중씨를 우리가 받아 주
었지.

―그래서 어중씨의 재밌는 이야기도 듣고 친구가 되었지.

―그랬지.

―거 봐. 우리가 나쁜 짓 안 하니까 사람들도 우릴 보고 무서워
하지 않잖아.

오래된 사람들의 이야기를 듣고 있던 어중씨가 깜짝 놀라 문

습니다.

─그럼 너희들이 아까 날 받아 주어 내가 무사했던 거구나.

─그래 우리가 널 다치지 않게 받아 주었지.

─그랬구나. 그럼 너희들이 내 생명의 은인인데 무얼로 보답하지?

어중씨는 읍내 장에서 산 털신과 오공본드와 갈대빗자루, 그리고 물건 사고 남은 약간의 돈을 꺼내 놓습니다.

―이것들은 마님 심부름이니까 안 되고 털신은 겨울에 우리가 신어야 하니까 안 되고, 돈은 이제 필요 없으니까 너희들 다 줄게.

어중씨의 말에 오래된 사람들이 배를 잡고 뒹굴며 깔깔 웃기 시작합니다.

―우린 그딴 것 필요 없어.

―돈이잖아.

―글쎄 그건 우리에게 아무 쓸모가 없어. 너희들 세상에서도 정말 소중한 건 그걸로 구할 수 없잖아.

―그럼 뭐가 소중한 거니? 뭔가 너희들에게 소용되는 걸 주고 싶은데.

―괜찮아. 너는 이미 우리에게 많은 걸 주었어. 곤경에 처한 널 도울 수 있는 기회도 주었고 재밌는 이야기도 해 주었잖아. 그걸로 충분해.

―그래도 무엇인가 보답을 하고 싶은데…….

―걱정 마. 우린 또 만나게 될 거니까.

―그게 정말이야?

―우린 절대 거짓말 안 해.

오래된 사람들과 손을 잡고 작별의 인사를 나누고 있는데 어중씨의 손이 왠지 축축하고 따뜻해져 옵니다. 느낌이 이상합니다. 번쩍 눈을 뜨고 보니 언제 왔는지 방랑자 길동이가 어중씨의 손을 핥고 있습니다. 그리고 곧 마님이 뛰어옵니다.

—서님 무사하셨군요.

—그럼 무사하지요. 그런데 금방 그분들, 오래된 그분들은 다 어디로 가셨나요?

—꿈을 꾸셨나 보군요?

—꿈이라뇨? 재미있는 이야기를 해 달라고 해서 한참을 이야기하고 돈까지 주려고 했는데 사양했어요.

—거봐요. 돈까지 주는데 사양한 걸 보면 꿈이 맞잖아요. 돈을 주는데 사양할 사람이 세상에 어디 있어요?

—그럼 나도 학부모들이 주는 돈 엄청 사양했는데 이 세상 사람이 아닌가요?

—어머 그렇게 되나요. 어쨌든 전화도 불통이고 버스 정류소에 나가 기다렸는데 막차에서도 내리지 않아 얼마나 걱정했다고요. 게다가 길동이 녀석이 서님의 깨진 휴대폰까지 물고 와 무슨 사고가 난 줄 알았어요.

—내가 강에 던져 버린 건데 그걸 이 녀석이 다시 물어 왔나 보군요.

그렇게 말하며 어중씨는 주위를 다시 한 번 둘러봅니다. 금방 꿈에서 만났던 수호신들을 찾는 모양입니다. 달빛에 물든 가을

밤이 고요하고 평화롭습니다.

─잘 가. 오래된 친구들.

어중씨가 보름달을 향해 손을 흔듭니다. 그리고 자신의 무릎
에 앉아 숨을 고르고 있는 길동이를 쓰다듬으며 오공본드와 갈
대빗자루, 털신을 마님에게 건넵니다.

─마님이 부탁한 거 다 사 왔어요. 그리고 곧 추워질 거 같아 털
신도 한 켤레씩 샀어요.

그걸 받아 드는 마님의 눈에 반짝 눈물이 맺힙니다.

촘촘히 보석을 박아 놓은 듯 밤하늘의 별들이 반짝입니다. 별
들이 모두 일어나 어중씨 부부와 길동이에게 박수갈채를 보내
고 있는 것 같습니다.

어중씨 이야기

초판 1쇄 발행 2014년 3월 15일
      2쇄 발행 2016년 7월 22일

지은이 최영철
그린이 이가영
펴낸이 강수걸
편집장 권경옥
편집 윤은미 정선재
디자인 권문경 구혜림
펴낸곳 산지니
등록 2005년 2월 7일 제14-49호
주소 부산광역시 연제구 법원남로15번길 26 위너스빌딩 203호
전화 051-504-7070 | 팩스 051-507-7543
홈페이지 www.sanzinibook.com
전자우편 sanzini@sanzinibook.com
블로그 http://sanzinibook.tistory.com

ISBN 978-89-6545-242-3 43810